プラチナ文庫

恋人代行、八千円

栗城 偲

"Koibito Daikoh, 8senen"
presented by Shinobu Kuriki

プランタン出版

目次

※本作品の内容はすべてフィクションです。

大学の駐輪場に自転車を停め、小佐野幹太《おさのみきた》は全速力で教室へと走った。時計を確認したが、始業時刻は、既に三分過ぎている。

開始時刻と同時に教室に入る教授や講師はそれほど多くはない。だが、水曜日の一コマ目、ロシア語Ⅱの担当講師である柳祥吾《やなぎしょうご》は時間に正確だ。そういう授業に限って、正門から一番遠い三号館の四階にある教室なのだから困ったものだと心中で愚痴《ぐち》る。

ロシア語を履修した一年生のときから二年生の現在に至るまで、幹太は時刻通りに入室したためしがない。今日は夏休み明け最初の日だったが、やはり間に合いそうになかった。

柳は授業の最後に出席カードを配るので遅刻や欠席扱いにはならないが、それでもなるべく遅れずに顔を出したい。一番は余裕をもって行くことだと言われればそうなのだが、幹太にもそうはできない事情があった。

もっともそれは大変個人的なことだったので、情状酌量の余地などありえるはずもなく、幹太は必死に走るしかないのだ。

階段を駆け上がり、息を整える余裕もないまま教室の後ろのドアからこっそりと入る。

予想していた通り授業は既に始まっており、板書をしていた柳が振り返り、早々に幹太を見咎《みとが》めた。

柳はひょろりとした体型で、上背があるもののいつも前傾姿勢のような猫背なので、恐らく実際より少々低めに見える。それでも、小柄な幹太から見ればだいぶ目線は上にあった。真っ黒の髪は常に無造作で、時折癖毛なのか寝癖なのかわからないうねりがある日もある。その割に年中スーツを着用し、しっかりと留められた第一ボタンは、いつもウインザーノットで結ばれるネクタイで隠されていた。だらしないのかきちんとしているのか、柳はいつも微妙なバランスの恰好だ。

三十歳前後に見えるが、柳は雑談をせず、学生と気易く話すタイプではないので、彼の正確な年齢を知る者はあまりいないだろう。

そして彼は常に、顔の半分を隠すようにテキストを持つ。

その向こう側にある、黒いフレームの眼鏡の奥にある神経質そうな切れ長の双眸《そうぼう》にじろりと睨《にら》まれ、幹太は背筋を伸ばした。

けれどそれ以上はなにも言わず、柳はテキストに視線を落とす。そして、視線を逸《そ》らしたまま教卓の上のプリントを指さした。

気まずい思いをしながらも会釈《えしゃく》を返し、幹太はプリントを取って友人の隣に腰を下ろす。

どんな授業でも大概後ろの席から埋まっていくものだが、友人が席を取っておいてくれているので、遅刻した上に最前列に座るしかない、という最悪の事態は免《まぬが》れていた。

「おはよーす」

鞄《かばん》からノートなどを取り出していると、友人の田所《たどころ》が声をかけて来る。声を潜めておはよ、と返せば、田所はテキストで顔を隠しながら「今日はなんの仕事だったん？」と訊《き》いて来た。

同じように、テキストを持ちながら、幹太も小声で返す。

「いつもと同じだよ。ペットの散歩代行。朝六時半から八時まで、ゴールデンレトリバー二頭」

去年から継続して受けている仕事で、平日の午前六時半から午前八時まで犬の散歩を代行している。依頼主の自宅から幹太の通う大学までの距離を考えると、朝八時というのはぎりぎり間に合うか間に合わないか、という瀬戸際にあった。

他の曜日はなんとかなるものの、水曜日のロシア語Ⅱだけは、いつもどうしても遅刻してしまう。

――こんなことなら二外は別のにしとけばよかったんだけど……今更だしなー。

散歩代行の依頼を受けたのが大学に入学する直前のことだ。時間を考えれば微妙なところだったのだが、入学式の後に友人に付き合ってサークルの見学に行ったとき、先輩から「第二外国語を取るなら柳のロシア」と教えてもらっていたのだ。

曰く、出席カードを配るのが授業の終わりなので、遅刻をしても問題がないことと、テストが比較的易しく、先生も厳しくないから、という話だったからだ。ならば、と安易に履修してしまった。

もっとも、出席率が低く一夜漬けしかしない不真面目な学生はキリル文字や発音、文法の屈折に躓《つまず》き、試験で全員脱落したので、誰にとっても楽だったかは疑問が残る。授業に出て、基本さえ押さえていれば楽勝ではあるのだが。

——とはいえ、毎度毎度遅刻してるようじゃ顔も覚えられてるだろうし、心象もよくないよなあ……。

今頃になって滲《にじ》んできた汗をノートで煽《あお》いでいると、田所が「大変だなぁ」と労《いたわ》ってくれる。

「家業とはいえ、何でも屋って朝から晩まで働き通しって感じだな」

「何でも屋じゃなくて便利屋だけどね」

「一緒じゃん」

一緒じゃねーし、と心中で反論し、幹太はまだ整わない息を必死に抑え込む。

幹太がアルバイトをしているのは、母方の叔父の経営する便利屋稼業だ。その母体は母方の祖母の経営する家政婦協会で、母は幹太が生まれる前からそこで家政婦として働いている。

家政婦協会では賄《まかな》いきれない仕事を担当するために、叔父がのれん分けではないが独立して便利屋を作った形だ。

幹太は高校生の頃からそこでアルバイトをさせてもらっている。

父が早くに他界してしまったので子供の頃から家事をしていた幹太は、中学生になる頃には母や祖母から家政婦業を徹底的に仕込まれた。家事はプロ級だという自負もあるし、小柄だが一応男なので力仕事は得意で、便利屋も家政婦業もどちらも出来ることが売りの一つでもある。

なにより、女手一つで自分を育ててくれた母に負担をかけたくない、というのが幹太が働く理由だった。

のっぴきならないほど困窮《こんきゅう》している、というわけではないが、金は大事だ。母からも、金の大切さを説かれて育った幹太はとにかく金勘定はきっちりしており、割り勘でも一円単位できっちりわける。男同士ならばいいが、女子が混ざった場合は嫌われるだろうなという自覚もあった。

——まあ別に、俺はモテる必要ないから構わないんだけどさ。

「勤労学生ってやつだなぁ……偉いなぁ……」

「……いや、べつに偉くは。金欲しいだけだよ俺。守銭奴だから」

「またそういうこと言う」

田所は少し、幹太のことを美化している気がする。こうして真正面から褒めてくれるので面映《おもは》ゆく、なかなか言い辛いが、所詮は「金」ありきなのだ。

そう言うと、田所はいつも「悪ぶるなよ」と笑うのだが。

「ていうか、大型犬って一時間半も散歩しないと駄目なんだな。飼うほうも大変だ」

俺は飼えないと田所が顔を顰《しか》める。幹太は目を丸くして頭を振った。

「いやいや、二頭いっぺんにはやらないよ。てか、最初はそのはずだったんだけど、実際やってみたら二頭とも性格が違ってて、一頭ずつやらないと可哀想《かわいそう》だったから。それで早朝から八時までにしてんの」

顧客である山田《やまだ》家のゴールデンレトリバーは「みるく」のほうが思い切り走り回りたいタイプで、「くるみ」のほうはのんびりと寄り道をしたいタイプのため、一緒に散歩は出来ない。

当初、依頼主は一緒に散歩してくれていい、と言っていたが、犬のストレスを考えて時間を延ばし別々に行うことにしたのだ。

「……なにそれ。自主的にそうしたの？　料金一緒で？」

「うーん。でもまあ俺がもらうのは一時間いくらっていうんじゃなくて『朝の散歩代行』の代金だから。ちょっとくらい延びても問題ないし」

「散歩代行」が拡大解釈されて夜の散歩まで求められたら困るが、ちょっと時間を延ばすくらいはなんてことない。そのほうが犬も自分も楽なのだ。実際、ストレスレスになった犬を見て依頼主も驚いていた。

そんな幹太の言葉に、田所は息を吐く。

「幹太ってサービス精神旺盛だよね。自分のこと守銭奴とか言うくせに」

「そんなことねーって。俺は守銭奴。なによりお金が大事」

「そんなことあるよ！　俺この間マジでびっくりしたもん」

先日、田所にモーニングコールを頼まれたのだ。新しくできた彼女とテーマパークに行く約束をしたのだが、田所は非常に寝起きが悪い。だから早めに起きたい、朝の五時に起こしてほしい、という依頼だった。

だが、電話しても田所が出る気配はなく、何度かけ直しても出ないので、自転車を走らせて直接起こしに行ったのだ。

「普通モーニングコールで直接起こしに来るか？　いや、めっちゃ有り難かったけどさ」

「待て待て。俺だって常にそんなサービスしてるわけじゃないぞ？」

それはたまたま、田所の家が幹太の家から自転車で十分ほどの距離だったからだ。それ以上離れていたり、車を出さなければいけないレベルだったら幹太だってそこまではしなかった。

それでもだよ、と田所は口をへの字に曲げる。

「家が近いからってそこまでやらんって……お前のどこが守銭奴なんだよ」

「ん？　善人ならタダでやるだろ」

本物の善人ならば、無償で奉仕するところだろうが、幹太はそこまではできない。比較的安価に設定してあるので料金は前払いだし、勿論ローンも受け付けない。

元々の依頼内容に即したことならばやってあげられるが、まったく別の付加価値を付けろと言われたらお断りだ。田所の件も、家が近いことと、「モーニングコール」という依頼の範疇《はんちゅう》で出来ることをしてやったまでだ。

「俺は残念だけど無料奉仕は出来ないし、金も絶対まけないし。これに限らず、基本タダでなにかしてあげることはねーよ？」

幹太が笑って言うと、田所は「お前って……」と言葉を濁《にご》して眉《まゆ》を寄せた。

「そういうお前が『恋人代行』なんてしてるって聞いて、俺はとっても心配……」

「なんで？」

代行業なら恋人に限らず、友人代行もあるし、今日のようなペットの散歩やベビーシッター、家事代行などなんでも請け負っている。何故それほど心配されるのかわからず、幹太は目を瞬《またた》いた。

「お前、『俺が出来ることなら』ってなんでも許しちゃいそうなんだもん。それか、役得とか言って、かるーくやっちゃいそう」

病気には気を付けろよ、と本気で心配されて、幹太はなんだか邪《よこしま》な方面に取り違えられている気がしてすぐに訂正を入れる。

「言っとくけど、恋人代行ってデリヘルとかじゃないからな。疚しいことはしてないから。それに、そんなに需要あるもんじゃないし」

詳しく仕事内容など話したことはないはずなのに——むしろ話したことがないからか、田所は最大限に誤解しているらしい。

幹太は「やっちゃう」どころか未だにキスの経験すらない。

まさかそこまでカミングアウトをするわけにはいかないが、取り敢《あ》えず心配はいらないと言い訳しようとしたら、不意に目の前に影が差した。

顔を上げて、そこにいた人物に幹太は目を瞠《みは》る。

「あ……——」

眼前に立っていたのは、先程まで黒板の前にいた柳だ。

慌てて口を噤《つぐ》むと、田所もようやく気付いたようで、ばつの悪そうな顔をして前を向いた。

高い位置から見下ろしてくる双眸が、真っ直ぐに幹太を射抜く。

「……私語厳禁。授業中」

ぽつりと低い声で呟《つぶや》かれ、幹太と田所は「すいませんでした」と頭を下げた。

大声で怒鳴るわけではないが、鼓膜に刺さるような低音は威圧感がある。いっそ怒鳴られたほうが怖くないかもしれない、と幹太は冷や汗をかいた。

柳は口元をテキストで隠しながら、教壇のほうへと戻っていく。その背中を見送って、田所はほっと息を吐いた。

「……びびったぁ」

再び懲りずに声を出した田所に苦笑し、幹太はノートを開く。結局、田所の誤解に対する言い訳は満足に出来ずじまいだ。

恋人代行という仕事があるのは本当だが、田所が想像するようないやらしいことはしない。手を繋《つな》ぐことくらいはあるが、それ以上のことはなにもしない、というのが一応のルールだ。

どこまでもやってしまう便利屋もあるのかもしれないが、絶対に性的な接触はしないようにと叔父には言い含められているし、幹太自身もそんなことをするつもりはない。

稀《まれ》に、幹太を気に入ってくれて、何度も恋人代行を依頼した上で告白してくる女性もいないことはない。けれど、幹太はそういう類《たぐい》のものは全てお断りをしてきた。

幹太がもし、普通に女性が好きならば、田所が言うように役得だと思えることもあっただろう。

——でも俺、ゲイだしなぁ。

幹太は残念ながら、子供の頃から恋愛対象は男で、女性に興味がない。だから、間違いなど起こしようがないのだ。

自分が女性たちに気に入られるのは、男性っぽさや、がつがつした雰囲気が良くも悪くもないからに違いなかった。

金が必要なのは、学費を払う必要があることも勿論《もちろん》だが、自分はゲイだから、この先一人で生きていかなければならないと思っているからでもある。

母に負担をかけないこと、そして自立するための地盤作り。それが幹太の働く理由だ。

ぴょんと髪が一束跳《は》ねている柳の頭を、幹太はぼんやり眺めた。

無造作というよりぼさぼさと言ったほうが当てはまる髪と、重い印象を与える黒いフレームの眼鏡でいつも素顔は隠れ気味だったが、近くで見ると存外その容貌が整っていることに気が付く。

前の席にいる、おしゃれに気を使った女子大生よりも、幹太は柳のほうがよほど恋愛対象に入ってしまうのだ。

――役得、か。

田所の科白を反芻《はんすう》し、幹太は深い溜息《ためいき》を吐《つ》いた。


授業が終わり、次の教室を確認しながら出席カードを田所の分までまとめて提出しに行く。教卓の前でテキストに視線を落としていた柳は、幹太が来たのと同時にふと顔を上げた。

　そして視線を逸らし、

「……遅刻した上に私語は感心しない」

　と、呟くように口にする。小声で、しかもこちらを見ないようにしながら言うもので、独り言か説教か、一瞬判断しかねてしまった。

　だが柳の言うことは正論なので、幹太は素直に頭を下げる。

「すみません……あの、気を付けます」

　幹太の言葉に、柳はぴくりと眉を寄せた。

「……というか君、デ……」

「はい？」

　聞き返すと、柳は出席カードを入れた箱を手に、おもむろに立ち上がった。そうして、幹太のほうに一瞥《いちべつ》もくれないまま、大股で教室を出て行ってしまう。

　――というか俺？　……が、なに？

　その背を見送っていると、遠巻きにしていた田所が寄って来た。

「怒られちゃった？」

「いや、うーん。まあ」

　怒られたというほどのことでもないような気がして、幹太は曖昧《あいまい》に首を傾《かし》げる。田所は柳がいなくなったのを確認して息を吐いた。

「柳先生ってなんか怖いよな。なに考えてるかわかんないし……いかにもロシア文学に傾倒してますって感じ」

「なんじゃそりゃ」

陰気なイメージということだろうか、田所の科白に幹太は苦笑する。

「プロレタリア文学とか好きそうだよね。ロシアといえばザ・プロレタリアって感じだし」

「うーんまあプロレタリア文学とロシア革命は直接的には無関係だけどな」

「どっちも陰鬱じゃん」

誰かが聞いたら怒り出しそうなことを言って、田所が笑う。

「お前、それはものっすごい偏見に満ち満ちたカテゴライズだぞ……。それに、明るいロシア関係者だっていっぱいいるだろ」

現に、もう一人いるロシア語の教授はそれほど暗い性格の人物ではない。

それに、柳の場合は陰気だとか怖いとかいうよりは、単に愛想がないというだけではないだろうか。

「やけにフォローするなあ」

ぎくりとしつつも、幹太は頭を振った。

「フォローとかじゃねーよ、別に。だって俺が悪いのは本当だし」

私語をしていたのは間違いではないので、注意されるのはしょうがない。

今回のことは己に非があるわけだし、なにより柳に関しては、幹太の場合はちょっとした贔屓目《ひいきめ》がある。

平たく言えば、柳は幹太の好みのタイプなのだ。

幹太は、理知的な雰囲気の男に弱い。加えて、幹太自身が小柄なため長身の男性にはときめくし、自分のように小動物に譬《たと》えられるような童顔よりも、すっきりとした端正な面差しをかっこいいと思う。

あまり父の思い出がないせいか、年上の男性にも弱かった。派手なタイプよりは生真面目そうな、柳のように潔癖そうなタイプがたまらない。

なにより、柳はあの声がいい。決して大声ではないのにびりびりと鼓膜を震わせるような低音は、聴いていて心地がよかった。いつまでも聞いていたくなる。ロシア語は難解だし、特段興味もなかったが、幹太は柳が日本語とロシア語を使って言葉を紡《つむ》ぐのを聴くのが好きだった。

その日、大学の帰りにひと仕事を終えて事務所へ戻ると、雇い主である叔父——田中広《たなかひろ》之《ゆき》が煙草をふかしながらソファに転がっていた。

社名である「ＨＴ便利屋本舗」の「ＨＴ」は彼のイニシャルから取っているという、実に安直な由来だ。

広之は母の弟なので名字が違う。幹太と丁度一回り違いの三十二歳で、母よりも幹太のほうが年がわずかに近い。そのこともあって、叔父というよりは兄のような感覚があった。

一応スーツを着用しているが、柳のようにきちんとはしておらず、ボタンは四番目まで開けられており、辛うじて首に引っかかるくらいに緩められたネクタイがより彼の寛《くつろ》ぎぶりを表していた。

書類を眺めつつ吸っている煙草の灰が今にも落ちそうで、幹太は眉を寄せる。

「広兄、寝煙草、危ないよ」

小さな頃はよく面倒を見てもらっていたこともあり、幹太は年若い叔父を「広兄」と親しみを込めて呼んでいる。

声をかけると、今初めて幹太の姿に気付いたらしい広之が、よう、と手を挙げた。けれど相変わらず煙草を咥《くわ》えたまま、彼は書類を睨む。

エアコンをつけていないせいで、事務所内は蒸し暑い。Ｔシャツの裾をぱたぱたと煽りながら、幹太は叔父の顔を覗《のぞ》き込んだ。

「どうした難しい顔して」

「……んー。ところで幹太。お前今日遅くない？」

　今日は一人暮らしのおばあさんの家で水回りの掃除をするだけだった。広之の言う通り、本来ならもう一時間ほどは早く終わっているはずの仕事だ。

「ああ、なんか山本《やまもと》さん、依頼したのってぎっくり腰で動けないからだったんだって。で、医者にまだ診てもらってないっていうから一旦病院まで送って、仕事終わった帰りについでに車で迎えに行ってきた」

　幹太の言葉に、広之はあからさまに呆《あき》れた表情を作る。上体を起こして座り直し、幹太を手招きで呼んだ。

　幹太は素直に叔父の横に腰を下ろす。

「あのな、そこまでする必要ないだろ。普通なら別料金取るところだぞ」

「なんで？　家事代行って出来る範囲のことはするっていう規定じゃん。それに、俺だってただの親切でやったわけじゃないよ」

「……あのなぁ」

　叔父の言いたいことはわかっていたが、幹太にも言い分はある。

　説教じみたことを言われる前に、幹太は先手を打った。

「だって、ほんのついでなんの面倒があるわけでもないことだし。そりゃ、そこで別料金取れば目先の得には繋《つな》がるよ？　でも労力も手間もそれほどかからないことで恩売って、リピーターになってくれるならそっちのが長い目で見て得じゃん」

事実、山本はその場で早々に次回の予約も入れてくれた。その契約書を鞄から取り出して見せれば、叔父は深々と溜息を吐く。そして、何故かぐりぐりと頭を撫《な》でてきた。

叔父が思っているよりも自分は打算的だ。結局回り回って金になることをしているだけである。

「無料奉仕ってわけじゃないよ。俺、守銭奴だし」

そう言って笑えば、広之は出来の悪い子を見るような、優しい笑顔を浮かべた。そして、再び息を吐く。

「まあ、それでなあ……新しい依頼というかなんというか……家事代行、なんだけどな」

「ん？　なんか面倒な依頼なの？」

母体は祖母の運営する家政婦協会だが、サイトなどは別々にしているため、あちらではなく便利屋のほうに家事代行の依頼が来ることもある。

そういう場合は客と話し合いをして、家政婦協会のほうから人を派遣したりもするし、逆にあちらのほうの依頼でも、大荷物があるとか、工具が必要な依頼だとかいう場合はこちらが出たりすることもあった。

広之はいや、うーん、とぶつぶつ言うばかりで、はっきりしない。

「なんだよ」

「いや、実は……相手は俺の知り合いでな」

知り合い、と鸚鵡《おうむ》返しに口にした幹太に、広之はまた難しそうな顔をする。

今まで知人の依頼だったりその紹介で仕事を受けたりすることなどいくらでもあったのに、何故こんなにも渋るのかがわからない。

「なに、あんまり仲良くない人とかそういうこと？」

広之は肩を強張《こわば》らせ、そして考え込むような仕種《しぐさ》をする。

「そういうこっちゃないんだけど……俺の大学のときの後輩で」

依頼人は、広いマンションに一人暮らしの独身男性で、つい先日栄養失調で倒れたのだそうだ。

それで、友人として男性の家に足を運んだところ、結構な汚部屋に住んでいたことが判明。このままではゴミに埋もれて死んでしまうのではと危惧《きぐ》した叔父は、半ば強引に契約をしてきてしまったのだそうだ。

今しがた睨んでいた契約書は、それらしい。広之の手から書類を奪い、今週の土曜日から始まる契約内容にざっと目を通す。

「で、だ。相手側の出した条件が、複数人の作業員を家の中に入れない。まあこれは元々俺とお前しかいないから問題はなし。あと、仕事中には絶対話しかけない。仕事中じゃなくても、いちいち煩わせないように徹《てっ》する」

「どういうことが煩わしいことなの？　ゴミ捨てるにしても、判断が必要なときとかあるだろ？」

口を挟むと、そこは空気を読むしかない、とアドバイスにもならない答えが返ってくる。

そういう依頼主が今までいなかったわけではないが、これはなかなか面倒な相手のようだ。

「手際よく作業して、用が済んだら長居せずに帰って欲しいって話だ。もっとも、独居老人のリハビリケアでもあるまいし、長居なんて普通はしないからこれも大丈夫だろ。……以上三点が希望というか、条件だな」

「はあ……まあそれは別に構わないけど。気難しそうな相手だね」

「それでこれ、年間契約なんだわ」

「……え……？」

今でこそ単発の契約をするサービスが増えてきたものの、家政婦の派遣は長期の契約が当たり前なのに対して、便利屋は依頼が来たとしても継続で受けることは多くない。

なにせ人数が少ないというのもあるし、母体が専門の家政婦協会なわけなので、そういう依頼はあちらに回すのが通例だ。幹太が継続して受けている散歩代行も一か月更新になっていて、都度再契約してもらっている。

書類を手に取り、契約時間を確認する。初回と二回目だけが六時間で、定期コースは十八時から二十時までの二時間拘束だ。場合によっては延長する可能性もあるだろう。

今は朝の仕事もあるのであまり夜遅くまでは働けないし、なにより学生の本分である勉強をおろそかにして単位を落とすような真似はできない。それを考えれば丁度いい時間帯といえそうだが、見積もりに書かれたスケジュールでは、平日は毎日通うことになっている。

免許の数や、抱えている案件の多さ、仕事に割ける時間を考えれば、確かにこういうオーダーは広之よりも幹太のほうが適任だろう。だがどう考えても、便利屋よりも家政婦協会向きの仕事だ。

「……これさあ、うちより家政婦協会のほうから派遣してもらえば？　知り合いだかなんだか知らないけど、寧《むし》ろそっちのほうが専門だし確実だと思うよ」

だが、広之自身もそれはわかっていて、敢《あ》えてこちらに持ってきているのだろう。だったらその理由が知りたい、と視線で問えば、広之はがしがしと頭を掻《か》いた。

「……そりゃ、俺もそうできるならそのほうがいいけど」

「だろ」

「でもなあ、女より男のほうがいいんだってよ」

「あー……、まあそういうこともあるかもしれないけどさ」

掃除一つにしても、女性より男性を、というオーダーをする客は一定数いる。とにかく量が多かったり重量のある家電や家具などの処分だったりを、大型トラックで一掃しなければならない場合や、単純に女性には見られたくないものを片付けたい場合などだ。

「でも年間だろ。大荷物とか見られたくないもの系だったら最初だけ俺が行って、後は女性を感じさせないおっかさんタイプの家政婦さんに頼むって形にすれば？」

定期的な収入につながるのはありがたいが、気難しそうな相手というのも少々引っかかる。

「それにこれ受けたら俺、他の依頼受けられないじゃん……。まあ、十一時くらいまでの単発なら入れられるけどさぁ」

難色を示す幹太に、広之は手を合わせる。

「それはわかってるんだけど、頼む」

「なにそれ。後輩とか言ってたけど、なんか弱味でも握られてんの、広兄」

「うーん……」

またしても曖昧に濁す広之を怪訝《けげん》に思いながら、幹太は書類へ目を通す。

そして、改めて契約者の名前を見て目を剝《む》いた。

「……柳祥吾？」

見覚えのある文字の羅列《られつ》を口にすると、広之が小首を傾げる。

「知ってんのか」

「知ってるっていうか、大学のロシア語の先生と名前一緒なんだけど……」

「は⁉　マジか！　いや、多分それこいつだわ！」

すげえ偶然だな、と広之は動揺した様子で煙草を灰皿に押し付けた。

マジか、はこちらの科白だ。幹太は契約書をまじまじと見つめる。

——へー……柳先生の家か……。あ、三十歳なんだ。ふーん。

今日も遅刻をして注意されたばかりだし、あまりいい印象は抱かれていないだろう。

だが、無自覚に口元が緩んだ。好みのタイプの男性の元に通うのは、ちょっとしたやる気にも繋がる。

先程まではまったく乗り気ではなかったが、相手が柳と知るやうきうきしてしまう己は間違いなく現金だ。

一方で、広之は形容しがたい顔をして顎《あご》を擦る。

「あー……でも接点があるのはやばいかもしれねえな……」

「今更なに言ってんの？」

プライバシーの問題もあり、そもそも家事代行の依頼をした、というのを教え子である幹太が知ってしまったのはまずいかもしれない。だが、そういうことならばもう手遅れだし、こちらもプロなのだからと胸を張ると、広之はやはり「そうかもしれないけどな」と歯切れが悪い。

「だったらこの話、なかったことにする？」

「いや、それは……困るんだけどさ。でも俺が行くわけにはいかないし」

「だったらいいじゃん。なに？」

いい加減焦《じ》れて質《ただ》せば、広之は空を仰《あお》いで幹太の肩を叩《たた》いた。

「あいつのために、なにも見なかったことにしてくれよ」

「今更守秘義務の話？　お金もらってる以上、そういうのはきっちりしてるつもりだけど」

そんなことわかりきっているとは咎めれば、叔父はやはり微妙な顔をして笑った。

「わかってるよ。そうじゃなくて……まあ、色々だ。よろしく頼むわ」

結局叔父がなにを言い淀んだのかはっきりとしないまま引き受ける流れになってしまったが、若干楽しみでもある。好みのタイプと接点ができるのはそれなりに嬉しい。

柳祥吾、と書かれた文字を見つめ、幹太は土曜日が待ち遠しくなった。


その週の土曜日、幹太は契約書に記載されていた柳のマンションへと向かった。

柳のオーダーは家事代行サービスの二時間パックだ。初月のみ別料金で掃除用具などの持ち込み、ゴミの回収依頼もあったので、最初の何回かはトラクターを使うことにした。

そして初日の今日と明日だけは二時間ではなく、午前中から午後にかけての六時間の契約になっている。一体どれほどの汚部屋なのかと想像しつつ、幹太はマンション前の駐車スペースに車を停めた。

少々緊張しながら、オートロックのチャイムを押す。だが返答がない。

——……あれ？　時間間違えて……るわけないな。まだ寝てるのかな？　それとも部屋番号間違えたか？

再度部屋番号を押して、チャイムを鳴らす。

『……はい』

「こんにちは。ＨＴ便利屋本舗です！」

元気よく応答すると、スピーカーからガコッとなにかがぶつかったような大きな音が返ってきた。何事かとぎょっとしたが、すぐにオートロックが開く。

恐らく開錠ボタンを乱暴に押したのだろう。あまり機嫌がよくないのだろうかとどきどきしながら、幹太はエレベーターに乗り込んだ。

柳の部屋の前に立ち、大きく深呼吸をする。胸に手を当てると、その振動が伝わってきて苦笑した。

──……恋人の部屋に行くわけでもあるまいし、なにを緊張してるんだ俺は。

もっとも、幹太は今までお付き合いというものをしたことがないのでわからないが、きっと恋人の家に初めて来るときはこんな気分なのだろうな、と想像した。

意を決して、笑顔を作り直してドアのチャイムを鳴らす。

数秒の間の後、ぎい、と音を立てながら、ドアがほんの少しだけ開いた。

「HT便利屋本舗から参りました、小佐野です！」

思ったよりもドアの開く速度が遅く、柳はまだ顔を出さない。見切り発車で名乗ってしまった、と少々恥ずかしくなったが、幹太は営業スマイルを貼り付けた。

ぎぎ、とゆっくり開いた隙間から、ようやく部屋の主が顔を出す。その瞬間、室内から外に向かって冷気が流れ出てくるのがわかった。

「……あの、こんにちは。ご依頼を──」

「──どうぞ」

まだ口上が終わらないうちに、柳はバタンとドアを閉めてしまった。

動揺しながらも、どうぞと言われたということは入室していいのだろうと判断する。

教え子だと気が付いていないのか、それとも気が付いた上での態度なのかわからなかったが、とにかく仕事だ、と気持ちを切り替えて幹太はドアノブに手をかけた。

「失礼しま──……」

ドアを開けた瞬間、目の前に広がっていた光景に幹太は目を丸くする。

一歩足を踏み入れたのと同時に、丸められた袋と、散らばった封筒の束を蹴り飛ばしてしまった。慌ててしゃがみこみ、それを拾い上げる。

封書は、ダイレクトメールや公共料金の明細と覚しきもので、開封された痕跡すらない。ドアポストを確認してみると、オートロックのマンションのため、あまりものは入っていなかった。こちらには日付がだいぶ古い「管理人からのお知らせ」が三枚ほどと丸めたごみが入っているだけだ。

落ちている封筒を全て拾い上げながら、もう一度部屋の中を見渡す。

――……これは……。

所謂「汚部屋」というものが眼前に広がっていて、幹太はこくりと喉を鳴らす。

汚部屋としては中級レベル、というところだろうか。上級レベルの掃除も経験したことはあるのだが、相手があの柳なので暫《しば》し思考が止まってしまった。

潔癖な雰囲気もあり、板書の文字も綺麗《きれい》に整っていて、プリントやテストの作り方もどこか神経質さが漂っていた相手の部屋がなかなかのレベルの汚部屋だったので、少し驚いてしまった。

憧《あこが》れていた相手だったということもあり、あまり見たくない惨状であったような気もする。

そしてその柳は、何故か足の踏み場もない廊下の壁に背中を預けたまま立ち尽くしていた。よく見ればその背後は壁ではなく、ドアだ。その後ろのドアは開けるな、という主張なのだろうか。

「あの、どうしたんですか」

「いや、別に。どうぞ」

ぼそぼそ、と呟かれた声は、幹太が心地よいと思っていた低音だ。やはり他人の空似というわけでもないのだろう。

ショックを受けている場合でもない、と幹太はすぐに気持ちを切り替える。

お邪魔します、と一声かけて、靴を脱いで上った。なにか足の裏にざらざらとした感触が伝わってくるが、とりあえずは気にしない。柳は通り過ぎた幹太の後ろについてきた。

幹太はリビングに続くドアを開け、瞠目《どうもく》する。

そこも予想通りの惨状だった。足の踏み場などどこにもなく、とにかく色々なものが床を埋め尽くしている。踏まずにリビングの先へ行くのは難しそうだ。

——思ったよりひどいっていうか……なんか予想外だったかも……。

よくよく、契約書の内容を思い返してみれば、相当汚い部屋であるという予想はついたのだが、相手が柳だということで無意識のうちに現実から目を逸らしていたのかもしれない。

知的で潔癖、という柳像ががらがらと音を立てて崩れてしまったが、ともあれ、これは現実に違いがないので、幹太は腹を決める。

柳は脇を抜け、床に落ちているものを踏みながらソファに向かっていき、腰を下ろした。流石にそれを真似るわけにはいかないので、適当に寄せて道を作る。

失礼します、と断り、対面のソファに座らせてもらった。

テーブルの上の書類や書籍を手早く端に積み上げて、鞄から取り出した書類を広げる。

「田中のほうからお話をさせて頂いたと思いますが、改めて。一年間の定期コースのプランでご契約頂きました。ありがとうございます。念のため契約内容を確認させて頂きますね。初月の一か月間は毎日おうかがいします。その後の契約についてはまたご相談させて頂くとして、初日の今日と、明日の日曜日は、午前十時から午後四時までの六時間、家事代行とゴミの処理をさせて頂きます。お支払いは現金のみ、通常は先払いですが、本ご契約に関しましては月末の最終訪問日にまとめてお支払い頂きます——以上でお間違いないですか?」

ゆっくりと契約内容を確認し、ちらりと向かいに座る柳をうかがう。

眼鏡の奥の切れ長の瞳とばっちり目が合ってしまい、幹太はぐっと詰まった。やっぱりこうして顔だけ見ると好みのタイプなので、少々どぎまぎしてしまう。

そんな幹太の動揺とは対照的に、柳は眉ひとつ動かさずに「……大丈夫、です」と答えた。

幹太は居住まいを直して、改めてぺこりと頭を下げる。

「ご挨拶が遅れました。今日からこちらの家事代行、諸々担当させて頂きます、小佐野幹太と申します」

「こちらこそ、よろしくお願いします。柳祥吾です……って、知ってるよね？」

頭を下げながら問われて、幹太は苦笑した。

授業中に名前を呼んでもらったことはないが、やはり顔を覚えられていたらしい。

「はい、あの……すみません。挨拶だけはちゃんとしておこうかと思って。いつも遅刻して、すみません、ほんとに」

「ああ、うん。田中先輩の甥《おい》っ子さんだったんだね」

「そうなんです。広兄……田中は母方の叔父なんです。高校のときからこのバイトさせてもらってるので、掃除の腕のほうは心配しないでくださいね。ちゃんとやりますから」

「……わかった」

それから不意に訪れた沈黙に、どちらからともなく視線を逸らしてしまった。

せめて、自分がもう少し優等生だったら、と思わないではない。そっと柳をうかがうと、彼も同じように気まずそうにしていた。

一応教え子である幹太に、プライベートな空間に入られたうえ、しかもこれほどの惨状を見られたのだからいたたまれないに決まっている。

こうして黙ってばかりもいられないので、幹太は袖を捲《まく》って立ち上がった。会話がなくて気まずいのならば、仕事を始めてしまえばいいだけの話だ。

時間は六時間もあるが、恐らく今日一日で部屋を整理整頓し、磨き上げるのは不可能だろう。間取りは２ＬＤＫだと契約書には書いてある。恐らくどの部屋も、今視界に入っているくらいの惨状に違いなかった。

「どこから掃除して欲しい、とかありますか？　それと、絶対に入って欲しくない、というところがあるなら先に言っておいてください」

「あ、ええと……取り敢えず、水回りはいいので、玄関と廊下とリビングを……」

「水回りというのは、風呂、トイレ、キッチンでいいですか？」

「えっと、風呂だけ明日やってもらっていいかな。今日はやらないでいいです。トイレとキッチンはおいおいで」

「わかりました。優先は玄関と廊下とリビングで、お部屋は後回しということでいいですか？」

玄関と廊下とリビングだけならば、今日中になんとかなりそうだ、という算段を頭の中でする。

柳は「部屋は、まだ」と頭を振った。

じゃあ今日は入りませんから、と言えばあからさまにほっとした顔をする。とりあえず方針は決まったので、鞄の中から大きなポリ袋を三枚取り出した。

「まず、ものが多いので減らしていきましょう」

「あ、うん。よろしくお願いします」

「どうしましょうか。こちらである程度分別してから選別しますか？　それともひとつひとつ先生に確認とるっていう方法にします？　先生がまずご自分で分別するっていうのもありですけど」

幹太の問いに、柳は困ったような顔をした。

汚部屋の住人に多いのは、まず分別そのものが出来ない、というパターンだ。取捨の選択が一人では出来ず、どんどんものが溜まっていってしまう。

そういうときはまず、いるもの、いらないもの、どちらともつかずに保留するもの、という三つに分けて箱や袋に入れていくという方法を取る。直感で要不要を分けて行き、二、三秒で判断がつかないものは保留にする。

その方法を勧めようとしたが、提案する前に柳が首を振った。

「や、別にいい。小佐野くんのほうで分けてもらえる？」

「そうですか？　でも念のため確認したほうが……」

「いや、いいよ。ええと、書籍は全部残してもらって……あと手紙類。あからさまにダイレクトメールっぽいのはいらない。普通の手紙だけ残して。それ以外は全部ゴミで」

意外と思い切りのいい返答に、幹太は目を丸くする。

「え、でも書類とかは……」

「あー……そっか。じゃあお役所系のとか契約書とか公共料金っぽいやつだけとっといてもらえる？　他はいらない。プリントとかそういうのも。メモしてあるものもいらない」

それでも判断に迷うものがあったら訊いてくれるかな、と言って柳はソファの上にごろりと横になった。

「あの、確認が必要なときは呼びにいくので、ここにいなくても大丈夫です、けど」

もしかして監視するつもりだろうかと思いながら問えば、柳は微《かす》かに目を瞠る。けれどすぐに元の無表情に戻って、掌《てのひら》をこちらへ向けた。

「大丈夫」

その一言だけを言うと、ふわぁ、と欠伸《あくび》をして柳は目を閉じた。

なにが、と反射的に問いかけたが、恐らく気にしないで作業をしてくれ、ということだろう。

どうやら幹太の仕事ぶりをチェックしようということではないようだが、それでもなんだか緊張する。

――いや、やることはいつもと同じだし……平常心、平常心。

小さく深呼吸をして、幹太は鞄から家政婦協会のユニフォームでもある割烹着を取出し、手早く身に着けた。

「……割烹着？」

腰紐《こしひも》を結ぶのと同時に再び背後から声をかけられ、背筋を伸ばす。

てっきり眠ってしまったかと思っていたので、驚きつつも幹太は振り返った。柳はソファに転がったまま、幹太の姿をじっと眺めている。

今時割烹着ということが珍しいのか、それとも若い男が着用しているからか。そのどちらもかもしれない。

「会社から支給されるんです」

似合わないのは重々承知だが、利便性があるので幹太は逆らわずに割烹着を着用している。

「便利ですよ、割烹着。服が汚れないですし」

これは、元々は家政婦協会のほうの作業着で、昭和の時代に富裕層向けに着物の家政婦を派遣していたことがあり、その名残だ。それを便利屋のほうでも踏襲した。

エプロンと違って下に着ている服の袖が汚れないし、割烹着を着ていると家事仕事に対して堅実に見えるようで、顧客の受けもいい。幹太の場合は、「男の人に割烹着って珍しいですね」という切り口から会話が弾むこともあるので、そちらの面でも重宝している。

そんな事情を話せば、ふうん、と頷《うなず》いて、柳は幹太を検分するように見つめた。

「――いいね、割烹着」

「ありがとうございます」

礼を言うと、柳はそのまま口を噤んだ。

あまり話が弾まなかったなと内心苦笑しつつ、幹太は割烹着の袖を捲る。

「じゃあ、頑張りますね！」


約束の午後四時を五分前に控えて、幹太は額《ひたい》の汗を拭《ぬぐ》い息を吐く。

――終わ……ったような、終わってないような。

十二畳ほどのリビングと、玄関と廊下の整理だけで結構時間を食ってしまった。遠慮なく捨てていいとは言われたが、やはり紙類の片付けは気を遣う。

埃の詰まりかかった掃除機を綺麗にしてからかけて、なんとか雑巾がけまでを終えたが、あまり満足のいくところまでは達せなかった。

――く、悔しい……。

雑巾を絞りながら、幹太はくっと歯噛《はが》みする。

当初頭に思い描いていた計画では、きっちり収納もして、磨くべきところは磨いて、確認の判を捺《お》してもらうはずだったのだ。

だが、六時間かけてできたのは、大まかなゴミをまとめることと、ようやく見えた床を磨くところまでだった。

柳はクッションを抱いたまま、ソファの上ですよすよと眠っている。彼は結局ずっとソファの上で寝ていて、昼食もとっていなかったようだ。よれよれのTシャツとスウェットを着たままなのも若干気にかかる。

なんだか起こすのも忍びないし、満足のいく出来ではなかったので、彼が寝ているからもう少しだけと言い訳をして、幹太は窓を磨いた。

顧客の目が開いたらその眼前には魔法のように綺麗になった部屋がある、というのが理想だったが、今日は残念ながら叶わない。

幹太は忸怩《じくじ》たる思いを抱えながら掃除用具類を片付け、柳の肩を揺すった。

「先生、先生。時間です」

「んー……あと五分……」

いやそういうことじゃなくて、と内心でつっこみを入れながら、「俺もう帰ります」と付け加えた。

柳はぱちりと目を開け、身を起こす。部屋を見回して「わあ」と声を上げた。

「すごい。あんな汚部屋が綺麗になってる」

「いえ……結構時間かかっちゃって今日はここまでです。すみません」

また明日もあるので頑張ります、と言うと、柳は不思議そうな顔をした。

「あれ？　三十分過ぎてる……」

「いえ、まだ二十二分くらいです」

随分《ずいぶん》丸めて言ったものだと思ったが、柳はあまり変わらないよ、と口にする。

「俺が寝てたから？　ごめん、起こしてくれてよかったのに」

「あ、いえ、全然」

本当は、六時間かけてこれしかできていないのかと思われるのが癪《しゃく》で、ここぞとばかりに窓の掃除に当ててしまったとは言いにくい。見栄っ張りな自分がやったことなので、気に病まれると良心が痛む。

「あの、ごはん食べてないですよね？　俺がいたら気になって食事しにくいっていうのであれば、別のところの掃除したりするので気にしないでください」

「あー……いや、別にそういうんじゃないから」

柳はそれ以上言わずに口を噤む。訪れた沈黙に、幹太は慌てて書類を出した。

「じゃあ、今日はここに判子をください」

「サインでもいい？」

渡したペンで、柳は確認のサインを入れる。やはり板書をするときと同じ、綺麗な文字だった。

ありがとうございます、と言って受け取って、幹太は割烹着を脱いだ。

「手紙類と公的書類以外は、袋に入ってます。確認されますか？」

「いや、いいよ。大丈夫。もし駄目でも訴えたりしないし」

「では、こちらで処分しちゃいますね。それと、クリップとか消耗品ぽいものは袋に入れたので、こちらも不要でしたら処分します。あと、クリアファイルとか、文房具類はまとめてテーブルの上に置いておきましたので」

「おお……ありがとう。なんか、いっぱいあったんだな……」

「そうですね……」

書類や書籍の山の中から、ペンや鋏《はさみ》、糊《のり》やテープ、梱包《こんぽう》資材など、やたら大量に出てきた。恐らく、見当たらないので買い足す、というように増えていったものだと推測される。

同じくゴミの中から出てきた、商品タグが付いたままのファスナーファイルケースが出てきたので、そこに全て入れておいたが、全部詰めたらめいっぱい膨れるくらいの量があった。

柳はそれを手に取り、しげしげと眺めている。

「あー……と、それとですね、ちょっと書棚が見あたらなかったので、本も積んだだけになっちゃいました。明日、片付けますので」

大量にあった書籍類は、サイズごとに分けて部屋の隅に積んだだけになっている。リビングには書棚と思われるものがなかったので、とりあえず部屋の整理を終えてから考えようと思っていたが、結局間に合わなかった。

「あ、うん。これは大丈夫。こっちでやっとくんで」

「そうですか……？　じゃあ、今日はこちらで失礼しますね」

鞄を持って頭を下げると、柳は玄関まで幹太を見送りに来た。

綺麗になった玄関にもいちいち驚いてくれたのだが、そこに溜められたゴミ袋を見て「うっ」と言葉に詰まっている。

「なんかこんなに、申し訳ない」

「いえいえ。ちゃんとその分のお金は頂くんですから、気にすることなんて全然ないですよ」

いつも顧客に言うように返せば、柳は目を細めた。幹太はドアの外にゴミを全て出し、柳を振り返る。

「……じゃあ、また明日うかがいます」

「うん、よろしくお願いします。田中先輩にもよろしく」

「はい、ありがとうございました」

ぺこりと頭を下げて、幹太はドアを閉めた。大量に出たゴミを数度に分けて荷台に積みこみ、事務所へと車を走らせる。

密かに憧れていた柳に、最初こそ緊張したものの、掃除をしているうちに無になってしまった。けれど時間差で、今頃になって気分が高揚してくる。

当初思い描いていたクールで潔癖そうな柳のイメージは崩れたが、ああいう少々だらしのないタイプは、それはそれでいいかもしれないとも思うのだ。

散らかされるのも別に腹は立たないし、「もう、しょうがないな」とやってあげるのも嫌いではない。クールというよりは人見知りという感じも、年上の男性に言っては失礼かもしれないが、可愛《かわい》いとさえ思えた。

――って、俺の好き嫌いはどうでもいいか。

好悪の問題はさておき、かえって緊張しなくていいかもしれない、とも思う。それに、講師と学生といういつもの立場ではないからかもしれないが、今日の彼の態度は授業中のものと少し違った気がするのだ。

気さくとまではいかないものの、話しやすかった。教え子である自分の前であんなに無防備に寝るとは思わなかったが。

――割と、クールなタイプが好きだと思ってたんだけどなー。

子供の頃から一人でなんでもしなければいけなかったし、同級生相手でも面倒を任されることが多かったので、もし恋人が出来るなら年上で頼りがいのあるタイプがいいなと漠《ばく》然《ぜん》と思っていた。

芸能人でも怜悧《れいり》な俺様系の男に惹《ひ》かれたりもしていたし、面倒見のいい兄貴タイプが好みだと思っていたのだが、存外、放っておけないタイプにも弱かったらしいと、今日柳と一緒にいて自覚した。

友人の田所が「役得」と言った声が思い返される。これも役得のうちだろうか、と幹太は苦笑した。

報告書を提出するため事務所へ戻ると、今日も広之が残っていたので、直接手渡した。簡単な間取り図を描き、諸々《もろもろ》書きこんだ報告書を眺めながら、広之は火の点《つ》いていない煙草のフィルターを噛む。

「……で、どうだった?」

「報告書にも書いたけど、リビングと玄関の掃除で今日は手一杯」

「ま、初日からそんなに飛ばす必要はないさ。定期の契約だし、どうしても一日で全部掃除してほしいってオーダーでもねえしな。足の踏み場と寝床が確保できりゃ上出来だ」

とりあえずは問題なし、ということで安堵《あんど》する。

「それと、紙類が異様に多かったかな。あと段ボール。多分、色んな物を通販で買ってるっぽい」

段ボールにはどれも送り状が貼られたままで、その殆《ほとん》どに通販サイトのロゴが付いていた。いくつかは畳まれていたが、八割以上は梱包を解いたまま放り投げてあったり、まだ中身が入っていたり、開けてすらいないものまであった。

使っているのかいないのかわからない、深夜の通販番組で売っていそうなものも沢山転がっていた。懸垂マシーンと書かれたものが部屋の隅にあったが、ひとまず今日はクローゼット代わりに使わせてもらった。

「やっぱり先生んちもお約束で、物の量に対して収納が全然ないって感じの家だったな。基本、色んなものが床置き」

収納家具や、収納場所が少ない。特に柳の家は書籍が多いが、それを収納するための書棚がないのだ。これればかりは家具を買い足すか、物を処分するかしかないので、そこはおいおい話し合う必要がありそうである。

洗面所やキッチンの棚など、収納できる箇所には物がまばらに入っているだけで、殆ど活用されていなかった。

「片付けられないやつってのは、現状では収納できないってことに気が付いてないんだよな、何故か」

「まーね……。あと、多分寝室だと思うけど、そこには入らないでほしいって言われてるんで、明日はもう一部屋の掃除と、水回りをやろうかなと。それと今日一回もやらなかったから洗濯もする予定」

「ふむふむ。じゃあ土日で大がかりな掃除は終わりそうか」

「うん。あー……でも」

「ん？　なんか気になることでもあるか？」

「気になるっていうか……業務には関係ないんだけど――」

「幹太？」

言いかけて途中でやめた幹太に、広之は怪訝な顔をする。

「……いや、なんでもない。明日行ってもう一回確認してみるわ」

片付けていて気になったのは、食事に関わるゴミが一切ないことだった。生ゴミは放っておくと異臭が出るので食べ物関係は片付けている、という可能性もなくはない。だが、汚部屋掃除につきものの、カビが生えたり、腐ったりした食品類が一切出てこなかったばかりか、割り箸や食器の類、食品に関する包装紙などがひとつも出てこなかったのだ。

少しだけ流し台も覗いてみたのだが、グラス類や、辛うじて空のペットボトルや空き缶類があったくらいだ。勿論、今日足を踏み入れていない部屋に生ゴミが大量にある可能性も捨てきれないが。

「なんかあったら報告しろよ」

何故か今回に限って念を押してくる広之を不思議に思いながらも、幹太は頷いた。

広之は子供にするように幹太の頭を撫で、「……とりあえず、明日もよろしくな」と笑った。

翌日の日曜日、前日より少し早い午前九時すぎに柳のマンションへ訪れると、昨日と同じ服を着た柳が出迎えてくれた。Tシャツとよれたスウェットをじっと見つめ、「これ昨日と同じですか」と訊くと、「いつも同じだよ」と返ってくる。

「……因《ちな》みに、これって最後に洗濯したのいつですか?」

幹太の問いに、柳は考え事をするように天井を見上げた。そして数秒の間の後、「三か月くらい前?」と首を傾げる。

三か月、と心の中で反芻し、ぶんぶんと頭を振った。

「洗濯！　しましょう！　今すぐに！」

「え……っ、あ、うん」

ただちに脱いでくれ、と迫ると、柳は気おされつつ自室へと戻り、薄青色のシャツとデニムに着替えて姿を見せた。普段、学校で見る姿はスーツばかりなので新鮮だったが、感心している暇もときめいている余裕もない。

昨日のうちにまとめておいた衣類とともに部屋着を洗濯機に放り込み、すぐにスイッチを入れる。

――……潔癖そうな顔して全然……いや、うん、わかってた。昨日から家の惨状を見てわかってはいた……。

この分では、タンスやクローゼットに入っている衣類も洗っているかどうか怪しいところだ。幸い単発の依頼ではないので、折を見て徐々に全部洗濯してしまおうと心に誓う。

今更自分が想像していた柳祥吾という人間像が現実のものだとは思ってはいなかったが、ほんの少しだけガッカリ感を覚えてしまった。

小さく息を吐き、幹太はくるりと振り返る。柳は廊下に立ち尽くしたまま、幹太のほうを眺めていた。

「えっと、今日は昨日手つかずだったところのゴミを片付けますね。どこか集中的にやって欲しいところがあれば言ってください」

「んー……お任せするよ。よろしく」

そう言って、柳はリビングへと戻り、ソファに座った。今度も幹太が見える位置にいるので、やはり動きをチェックしているのかもしれない。取り敢えずやることはいつもと変わらないが、幹太は割烹着を身に着け、密かに気合を入れた。

前日に掃除や整頓をし損ねた箇所を手早く片付け、浴室の掃除をする。浴室も、キッチン同様さほど目立った汚れはない。毎日使っている場所ではあるのだろうし、恐らく前日に掃除をして、ある程度は綺麗にしたのだろうと思われた。

どうせこちらで掃除をするのだから気にしなくともいいのに、と思わないでもないが、顔見知りに汚い水回りを見せるのは気が引けるのかもしれない。

排水溝や換気扇の汚れを落とした後に時間を確認したら、午後十二時を回っていた。ひとまず用具を片付けて、幹太はリビングを覗く。

柳はダイニングテーブルの上に辞書やノートを広げ、ハードカバーの書籍に直接なにかを書き込んでいる。真剣な顔をしているので少々躊躇《ちゅうちょ》しながらも、幹太は歩み寄った。

「あのー、先生」

声をかけると、柳は今初めて目の前に幹太がいるのに気が付いたようで、びくりと肩を揺らした。

「ああ、もう時間？」

「あ、いえ。それはまだまだ先ですけど……お昼なんですけど、どうしますか？」

昨日はこれを訊かなかったせいで柳が食事をするタイミングを逸してしまった可能性があった。幹太の問いに、柳はペンの尻で頭を掻く。

「あー……ごはん休憩は好きなタイミングでとってもらっていいよ。普段はどうしてるの？」

「えっと、俺は休憩取らずにやることが多いんですけど、先生の分どうしますか？」

幹太の申し出に、柳はなるほど、と顎を引き、再び書籍に視線を落とす。

「そういう意味なら、俺の分は考えなくていいよ。君は休憩とってもいいし、とらないなら、そのまま作業続けて」

「……そうですか？　よかったら、なにか作りま――」

「いや、結構。仕事に戻ってください」

言い終わらないうちから言葉を被《かぶ》せるようにしてばっさりと断られ、幹太は口を噤んだ。

柳はもう、まるで幹太がそこにいないように、ペンを走らせている。そういえば、依頼を受けたときの条件のひとつに「仕事中には絶対話しかけない。仕事中じゃなくても、いちいち煩わせないように徹する」というものがあったと今になって思い出した。

もしかしなくても苛立《いらだ》たせてしまったのだろう、と反省しながら、ぺこりと頭を下げて作業に戻った。

　言いつけ通り、幹太は残りの一部屋の掃除に取り掛かった。床には洗濯物が散らばり、書籍や段ボール、掃除器具などが無造作に積み上げられている。やはり収納がないので、雑然と物が転がっている状態だ。

　とにかく片っ端から段ボールを畳んでいき、中に入っている商品は、一つだけ残した段ボールの中へ入れる。やはり今日も大量のゴミが出そうだ、と割烹着の袖で額を拭った。

　表に出ている衣類は全て洗濯したが、途中でハンガーが足りないことに気付く。洗濯ばさみは念のため持ってきていたものの、全て干すのは不可能なので、梱包用のビニール紐に洗濯物を通すことで代用した。幸いベランダが広かったので、なんとかなりそうだ。

　洗濯が終わると再び部屋へと戻る。こまごまと整理や掃除をしながらふとリビングのほうを見やると、昨日すっかり綺麗にしたはずのリビングが既に散らかり始めていた。

　帰る直前に、もう一度テーブルの周辺を整理しよう、と幹太は心に決める。

　整理したことでようやく見えてきた床を磨いていると、部屋の入口に柳が立っていた。フローリングを拭くのに夢中になっていたので気が付かなかったと、身を起こす。

「なにかありました？」

「……お遣い、頼んでもいいかな？」

「はい。勿論」

「コンビニに行って、この附箋《ふせん》の貼ってあるところ原寸でコピーしてきてもらえる？　一部ずつ。それと、メーカーはどこのでもいいから青いボールペンと、トマト入ってない野菜ジュースのペットボトル買ってきてくれるかな」

お金はこれね、と財布を渡される。それと一緒に、オートロックの鍵と家の鍵ももらった。

「野菜ジュースって、トマト入ってないならなんでもいいんですか？　野菜だけのやつとか、フルーツ多目のがいいとか、なんかあります？」

「や、特にない。トマトさえ入ってなければなんでも……。あと、これから自分の部屋籠《こも》るんで、気にせず作業してて」

「あ……はい」

無表情のままそう言って、柳は玄関横にある一室へと入って行ってしまった。別に覗くつもりはなかったが、体の幅ぎりぎりの隙間をあけて中に入った柳が勢いよくドアを閉める。

――……なんか、警戒されてんのかな。

知人の紹介とはいえ、やはり教え子相手だからだろうか。広之には作業内容の報告の義務があるけれど、別にここでのことを吹聴するつもりはない。だからそんなに警戒しなくても、ということを思わないわけではなかったが、なんにせよ客にあまり深入りはしないことだ。

——俺は、金もらえればそれでいいんだし。

初めから距離感を保った人間関係でいいのならば、それはそれで気楽なはずだ。

「あ、そうだ」

仕事の邪魔は禁物だとは思いつつも、幹太は柳の部屋のドアをノックする。

数秒の間の後、返事ではなく、柳が内側から鍵をかける音がした。些《いささ》かむっとしながらも、幹太は声をかける。

「許可もなく開けませんから大丈夫です。あのー、その部屋にもゴミがあるんだったら廊下に出しておいてもらっていいですか？　分別する必要はないので」

恐らくその部屋だけが例外的に綺麗、ということはないのだろう。こちらは入らなくて構わないが、そこにゴミが溜まっているのならば定期的に外に出してもらいたい。

「……わかった。出しておく」

存外穏やかな声が返ってきたことにほっとしながら、幹太は割烹着を脱いだ。

「はい、お願いしますね。じゃあ俺、買い物行ってきます」

いってらっしゃい、という声は勿論ない。もともと期待していたわけではないので、幹太は気にせず頼まれごとのために外へ出た。

近所のスーパーで言いつけ通りのものを調達し、柳の家に戻ると、部屋の前にちゃんと口の結んであるゴミ袋が二つ置かれていた。分別をする必要があるかもしれないので、結び目を解いて中を確認する。

——あ、ちゃんと分けられてる。

とはいえ、燃やすゴミと、空き缶、ペットボトルのみで、生ごみなどは入っていない。

幹太は再び、柳の部屋のドアをノックする。

「あの、コピーしてきたものとペン、部屋の前に置いておきますね。ジュースは冷蔵庫入れときます」

返事はないが、恐らく聞こえているだろう。それ以上は声をかけず、幹太は台所へ向かい冷蔵庫を開けた。

「……うわ、なんもない」

小さめではありながらも2ドアの冷蔵庫だったが、中にはミネラルウォーターと栄養ドリンク、香辛料の類が入っているくらいで、固形物は一切入っていなかった。汚部屋にありがちな黴《か》びたり腐ったりしている食材の始末は不要だが、これはこれで心配になる。

他人の冷蔵庫を眺めるのもなんなので、早々にドアを閉めた。


契約時間の終了を迎えたので、幹太は掃除用具を片付け、割烹着を脱ぐ。

終了時には判子かサインをもらわなければならないため、幹太は柳のもとへ行こうと立ち上がった。

「――終わりの時間だよね」

「おうっふ！」

振り返った瞬間に目の前に柳が立っていて、思わず悲鳴を上げてしまう。

「あ、す、すみません……」

客相手に失礼だったと慌てて頭を下げれば、柳はきょとんと目を丸くし、そして小さく笑った。

「……『おうっふ』って……」

くすくすと笑う柳に、幹太はぽかんとしてしまう。

彼のロシア語を履修して二年目となるが、柳の笑顔を見るのはこれが初めてだった。

勿論人間なので笑ったり泣いたりするのは当たり前だが、初めて見る表情に、つい凝視してしまう。

――なんか……ちょっと可愛い、かも。

いつもは切れ長の瞳や、整った顔立ちのせいで冷たく見えることが多く、少々作り物めいたところがあるのに、笑うと親しみやすくもなるようだ。

人間味があるというのか、クールだと思っていた相手の意外な一面が見られて、妙に気分が高揚した。そして、恐らく自分は、この表情を見た稀有《けう》な学生なのではないかとも思う。

じっと見つめている幹太に、柳は気まずげに表情を消した。名残惜しくて「あ」と言いそうになったが、堪《こら》える。下手につっこめば、もう幹太の前では笑ってくれなくなる気がしたからだ。

「……終わり、でしょ。そろそろ」

「あ、はい！　じゃあここにサインをお願いします」

慌てて差し出した書類に、柳はむっつりとした顔でサインをする。また、苛立たせてしまっただろうか、と反省した。

「一応、言付かっていた箇所は全て掃除しました。洋室の八畳間と、リビング、お風呂場、一部屋除いた全室の床と……」

あらかじめ契約書に記載されていた掃除の必要箇所を一つ一つ確認していく。

柳は部屋を見回して、ほう、と感心したように呟いた。

「なんか、部屋も明るくなったような……？」

「掃除すると部屋って明るくなるんですよ。ついでに電気のカバーも拭いたので」

「え、そこまで……？　床も見えるし……家が広く見えるな」

柳は幹太の仕事ぶりに満足してくれているようなのだが、幹太としては実はひどく心残りのある状態でもあった。

——収納が、全然ねえんだよな。

家具が全くないわけではないのだが、やはり収納箇所が圧倒的に少ないのだ。

洋服はクローゼットにしまうことが出来る。だが、下着やタオルをしまう場所がない。

書類もクリアファイルに入れたりはしたものの、そのクリアファイル自体をしまう棚などがないし、多量の文献をしまう書棚もない。それだけでなく、文房具類のケースや、ドライバーやペンチなどを入れる工具箱、カトラリーや食器を入れる棚、全てが不足している。

不幸中の幸いは、書類や書籍、文房具以外はものの数自体が少ないことだろうか。食器類は流し台の下へ、衣服や事務用品は部屋の隅に固めて置いてあるが、現状では少々みっともない。

かといって、勝手に家具を購入するわけにもいかないので、雇われた側としてはこれで精一杯だ。

「あの、先生」

「うん？」

「……もしかして、引っ越したばっかりとか、ですか？」

幹太の問いを図りかねたのか、柳がきょとんとした。

「や、家具っていうか、収納系がまったくないので……」

「ああ、うーん。なんかなくてもいいかなって」

いや、よくないだろ片付いてないいんだから。

そんな言葉が出そうになって、飲み込んだ。だが顔に出たらしく、柳が言い訳する。

「だって物があると片付けないといけないよね。物増やしたくないから、収納なければ物を増やさない抑止力になるかなって」

「いや、逆ですよ。収納があるから、これ以上は買わないっていう目安ができるんですよ」

つい我慢できずにつっこみを入れると、柳は今初めて気が付いた、とでもいうように目を丸くした。大体、現状片付いていないのだから、その方法では駄目だと気付いてほしい。

――……うん、まあ、あるある。片付けられない人ってこうだ。

結局、説明したところでこの手のタイプにはわかりはしないのだ。

そもそも、片付けは理論立ててするものではない。習慣だ。口でああだこうだ言う前に、とにかく手を動かすべき行いである。

「収納があれば物がしまえて綺麗に見えるし。小さな収納で足りるくらいの物しか買わないならいいいんですけど、そうじゃないいんだったら大人しく収納家具を買ったほうがいいです」

気を取り直して、幹太は新たな契約書を取り出した。

「ええと、では今後の契約の確認をさせて頂きますね。今日で大掃除プラン……六時間コースは終わりで、月曜からはスタンダードプランに変わります。通常の家事代行は一時間四千円で二時間から、三十分ごとに加算されていきます。もしオプションで別のご依頼をいただく場合は、別途で代金が発生致しますので、あらかじめご了承ください」

口上を連ねていると、柳は途中小さく相槌《あいづち》を打ちながら聞いている。

「それと、一つご相談なんですけど」

相談？　と口にして、柳が契約書を手にする。

「田中のほうからですね、再度確認ということで……」

当初、柳のほうから打診してきたのは、平日は毎日通う、というプランだった。

だが一人暮らしであればそれほどのペースで通わなくても問題がないと思われるので、週三回ほどに減らしませんか、という打診だ。幹太の報告を受けての、広之の判断だった。

柳は、幹太の言い分に理解しがたいといった表情を浮かべる。腕を組み、顎を擦りながら、柳は考え込むような仕種をした。

「……それは、君らにとってはいいことなんじゃないの？　これって、マージンはあるとして君にもお金が入るんでしょ」

「まあ、それはそうなんですけど」

だが、粗方掃除を終えてみれば、書籍などが多いばかりで、こまごまとしたものはそれほど多くない。柳はペットを飼っているわけでもなく、完全な在宅仕事というわけでもない。しかも生ゴミ系も少ない。だから、二時間もかけて毎日掃除をする必要はないだろう。それであればゴミを捨てる日に併せて通う程度でいいのではないか、ということなのだ。

「……なるほどわかった。じゃあこうしようか。平素はゴミの日に併《あわ》せて月水金と来てもらう。でも、俺が忙しいときはそれ以外でも来てもらう。っていうのは？」

「ああ、それなら」

それもあって、普段は先払いしてもらう料金が、今回については後払いということになっている。

柳はロシア語の講師以外にも副業があるようで、外出はしないまでもそれなりに忙しそうにはしている。きっとなにか入用になることもあるのだろう。

なにより、教え子が自宅に出入りするのはあまり歓迎する事態ではないように思えるし、幹太自身も気まずいだろうという広之の判断も混じっていた。

柳はじゃあそれで、と頷く。

「じゃあ、もう一度お見積りし直して、メールとファックスで改めて契約書をお送りしますね」

「わかった。……じゃあ、これから取り敢えず一年だね。よろしく」

言いながら、柳が右手を差し出してくる。一瞬戸惑ったが、握手を求められているのだと気付き、慌てて手を握った。

——なんで二日目の今日、改めて握手？　まあ、いいけど……。

柳の手は、幹太より大きく、骨ばっている。名前の通り、柳のような男だが、掌は熱く、汗ばんでいた。


顧客と雇われの身の関係として、柳との仲は微妙だと幹太は思う。

最初に訪れてから一か月ほど経過し、柳の家にはもう十回以上訪れた。合鍵を渡されているが、念のためチャイムを鳴らしてから玄関のドアを開ける。

「こんにちは、ＨＴ便利屋本舗でーす」

出迎えがないのはいつものことなので、返事を待たずに上がり込む。

玄関から入って右手が洗面所と浴室、左手が柳の寝室だ。そこから彼が応答したり、出てきたりする気配はいつもない。最初の二日間だけは柳も顔を出していたが、定期コースに入ってからは最後に終了のサインをするとき以外は出てこない日も増えた。

初日のように警戒心を剝き出しにするようなことはなくなったので、互いに多少は慣れて来たとは思う。とはいえ、やはり微妙な距離感だ。

ビジネスライクに仕事をこなしてきたつもりだったが、依頼人に避けるような態度を取られ続けると、やはり不安にもなってくる。

……やっぱり、教え子相手が嫌なんじゃないのかなあ……。

昨日もそのことについて広之に相談したが、「大丈夫大丈夫。本当に嫌な相手なら向こうからそう言ってるだろ」と一蹴されてしまった。

──だといいんだけど……広兄の軽い返事っていまいち信用ならないというか……そういう不満があったとき、ちゃんと言えるタイプなのかな、先生って。

幹太に不満を言うのすら嫌で籠りきりになっているのでは、と思わないでもない。

そんな不安を振り払うように頭を振り、幹太は割烹着に袖を通した。

──お客一人に肩入れすんのはよくない。あくまでビジネス。金だ。

うん、と頷いて腕を捲くる。

今日は月曜日で、中二日を置いた後なので一番部屋が汚れている日だ。

ここに来る前に買うのが恒例となった野菜ジュースを冷蔵庫にしまい、廊下に落ちている封筒や買い物袋を拾いながら、幹太はリビングのドアを開けた。

散乱している書類と、脱ぎ散らかしてある洋服を拾い集めていると、ふとテレビの前に大きな段ボールがあることに気が付いた。

「なんじゃこりゃ。……家具？」

箱の側面を検《あらた》めてみれば、「家具シリーズ3」の記載とロット番号と思しき数字の羅列があるだけで、具体的になにが入っているかわからない。

取り敢えずそれは脇に寄せておいて、いつも通り、床に散らばり、崩れている書籍を整理し、転がってるペンなどを拾ってテーブルの上のファイルにしまう。床から全て荷物を避けたら、はたきをかけて埃《ほこり》を落とし、掃除機をかける。

一通りリビングと洋室の掃除を終えた後は、水回りの掃除だ。

毎度換気扇を外して綺麗にしているのだが、浴室はともかくキッチンの換気扇には最初の頃から汚れが殆どないことが気になっている。

流し台に転がった空のペットボトルを洗い、包装紙を剥きながら、幹太はガス台を見やる。コンロの上にケトルが載っていた。それを持ち上げてみるが、五徳もあまり汚れていない。

幹太は、この家に足を踏み入れるようになってから、一度もこのキッチンを利用したことがなかった。食事の支度は必要ない、と言われ、言いつけられる買い物もごくわずかな日用品と、野菜ジュースだけだ。

特に拘《こだわ》りがないようなので、メーカーや種類はそれなりにローテーションさせているが、幹太はこの冷蔵庫の中に食べ物が入っているのを見たことがない。そして、溜まったゴミの中に食品トレイや生ゴミの類を見たことがないのだ。

キャップと包装紙、ボトルをそれぞれ袋に入れた瞬間、声をかけられる。

「――こんにちは」

「うおっ、こんにちは！」

いつの間にか、足音もなく背後に立っていた柳に、幹太は驚きつつも挨拶を返した。

少々眠そうな顔をしている柳をじっと見つめていると、彼は戸惑ったように目を瞬かせる。

「先生」

「はい？」

余計な詮索をするな、と機嫌を損ねてしまうかもしれない。だが幹太は以前から抱いていた疑問を口にしてみた。

「つかぬことをおうかがいしますが……ごはん、ちゃんと食べてますか？」

「食べてるよ？」

「嘘でしょ、先生」

瞬時に否定した幹太に、柳は目を丸くする。

今まで食事に関わるゴミを見たことがない、と言うと、柳はああ、と顎を引いた。

「食べてるってば。食べないと死ぬよ、いくらなんでも。でも、全部外食で済ませてるけど」

「……やっぱり」

　まったく食事を摂っていないわけではないと知って安堵したものの、それはそれで心配だ。

　不経済だし、それに外食ばかりでは栄養バランスもよくないだろう。なにせ、柳は身長こそあるもののやけに細い。幹太より細いとまでは言わないが、風が吹いたら倒れてしまいそうなくらい体が薄いのだ。

「……因みに、今日はなに食べました？」

「えっと……野菜ジュース？」

　それきり口を閉ざした柳に、幹太は頭痛を覚える。つまり、まだ野菜ジュースしか口に入れていないのだ、この男は。

「……じゃあ土日は？」

「えっと、土曜は忘れたけど、日曜の朝は野菜ジュース。で、夕方にファミレスに行ってミックスグリル食った、かな？　夜は仕事してたら遅くなったし、昼食べたの遅かったからなにも食べずに――」

「そんな不健康で不経済な食生活駄目でしょう！」

　柳の言葉に被せて言うと、彼は非常に気まずそうな顔をした。

「だって……」

「だってなんですか。あっ、そういえば栄養失調で倒れたんじゃなかったんでしたっけ⁉」

元々は、そういう話があって、幹太が家政夫として派遣されることになったのだ。

料理を作る必要はない、と言われたので、言いつけどおりの買い物だけをしてしまっていたが、もっと早くに気が付くべきだった。己の愚鈍さに、幹太は歯噛みする。

その表情をどう受け取ったのか、柳はあたふたと言い訳をし出した。

「……だから、それは油断してたんだよ。仕事してると食事忘れることってあるし……そういうのを踏まえて、今はちゃんと食ってるから大丈夫」

「今日、野菜ジュースしか飲んでないんでしょう？」

「いや……まあ……それは」

「どこが『ちゃんと食べてる』んですか！　家でちゃんとしたもの食べましょうよ」

だが幹太の言葉に、柳は嫌だ、とやけにきっぱりと頭を振る。

「家で食ったらゴミ出るじゃない。自炊したら生ゴミは絶対出るし、惣菜とか弁当とか、カップ麺《めん》とかは空き容器洗ったり捨てたりする手間あるし、やっぱり生ゴミ出るし」

だから家で食事を摂らない、と柳は言い切る。

幹太は彼の言い分にぽかんとしてしまった。

――なんか、こういうタイプ初めてだな……。

汚部屋の住人というのは、基本的にはとにかく物が捨てられないし、片付けが出来ない。だから燃えるゴミだろうが燃えないゴミだろうが粗大ゴミだろうが全ていっしょくたにしてあるのが一般的だ。

生ゴミが出るのが嫌だから、掃除をするのが嫌だから食事をしない、という汚部屋の主は、幹太は初めてである。

「それに、言わせてもらうけど不経済じゃないと思う。どうせ食っても一食だし、それに大学行くときは学食で食ったり――」

なにをくだらないことを言ってやがる、という気持ちを込めて一瞥をくれると、柳は察して口を噤んだ。息を吐き、幹太は柳を見上げる。

「元々小食なんですか？　どうしてもお腹空いたりとか、しません？」

小食ならば、無理に食べさせるのも可哀想だ。単に胃袋の問題だったらいいのだが、もし心のほうの問題だとすれば、それはそれで対処の仕方が変わってくる。

けれど、柳はあっけらかんと「いや、腹減るよ。人間だから」と答えた。

じゃあ食えよ、とこのやりとりに苛々し始めてくる。

幹太は「なんで食べないんですか」とオブラートに包んだ言葉を出来るだけ穏やかに口にした。

「だからそういうときは外食したり……あとは、腹筋したり走ったりする」

「はい？」

今は食事の話をしていたはずなのに、途中から様子がおかしい返答があった。

なんですって、と訊き返すと、柳は頷いて得意げに答える。

「うん。だから、腹が減ったら運動するんだよ。何キロか走ったりすると、満腹感あるから」

こいつ駄目だ。

そんな無礼なつっこみをなんとか飲み込んで、幹太は眉間《みけん》を指で揉みこむ。そんなおかしな情報を、まるで豆知識のように披露しないでほしい。二十代から大学の講師をやっているくらいなのだから、それなりに学業成績は優秀なはずだ。そんな男の頓珍漢《とんちんかん》な発言に頭痛を覚えた。

空腹状態で気分が悪くなるほど走る、などという生活をしていれば倒れるのも当然だろう。早く誰かがなんとかしないと、柳はどこかで野垂れ死にしてしまうのではないだろうか。

今、それが出来る位置にいるのは自分だ。

そのことに気付き、幹太は顔を上げる。

「――わかりました」

「なにが？」

「ゴミは俺がまとめるし、洗い物もなにも、全部やりますから。そのための俺ですから。だから、明日から飯作ります。食べたら先生は流し台に食器下げるだけでいいです。飯、ちゃんと食べましょう」

幹太が言い切ると、柳は目を丸くした。

そして、合点がいったように手を叩く。

「……なるほど、家政夫さんだしね。そうだったね」

じゃあ食べる、という返答を得て安堵した。

契約から食事を外していたのは、「ゴミをまとめて、捨てなければならない」というのが頭にあったかららしい。なんのための「家事代行」サービスなのか。

だがきちんと確認しなかったのはこちらのミスだ。己の目配り気配りが足りなかった、と幹太は反省する。ひっそりと、幹太の家政夫魂に火がつけられた。

「じゃあ俺、早速今から買い物行ってきますけど……なにが食べたいですか」

幹太が問うと、柳は子供のような顔をして「カレー！」と即答した。

使用する肉は、柳の馴染《なじ》みの味に合わせて豚になった。肉はごろごろと入っているのがいい、ということだったので豚バラ肉のブロックを一口大に切って使用する。あまり食事を摂っていない胃袋に油の多い肉でのカレーは重すぎるのではと危惧しながら、油を切り、辛さを控えめにすることで折衷する。

割烹着の紐を結び直し、幹太はスタンダードなカレー作りに徹した。

カレーは誰が作っても失敗はないが、家庭によって違いや好みがあるので、その他の材料や作り方などは凝りすぎないものにする。馴染みのあるルウはわからないというのでそちらは適当なメーカーのものを選んだ。それだけでは栄養が偏《かたよ》るため、グリーンサラダとオニオンスープも付ける。

幹太が台所に立っている間、柳は背後をずっとうろうろしていた。初日と同じで、最初になにかするときは動向が気になる、ということなのかもしれない。

自分はそんなに不審だろうかと不安になりながらも、幹太はいちいち肉や野菜の大きさ、切り方などを確認した。

じゃがいもは小さめに、にんじんはいちょう切り、というオーダーだったが、遊び心で型抜きしたものも混ぜてみる。型については、以前小さな子供がいる家へ家事代行に行ったときに用意していたものが車に残っていたので、それを使った。

——でも、一番意外だったのは……調理器具とか食器類とか、普通にあるんだよね、この家。

栄養失調で倒れるくらい、ゴミを処理するのが嫌で食事をしない男の家だというのに、ここには調味料なども普通の家庭にある、ごくごく当たり前のものがちゃんと揃《そろ》っているのだ。しかも、使った形跡もある。

幹太は掃除をした際にそれらを確認していたので、まさか食事そのものをしていないとは思いもしなかったのだ。

ちらりと、背後の男を確認する。幹太の背中を眺めていた視線とぶつかった。

――……なんか、バランスが悪いっていうか……変な人。

そんな無礼なことを思われているとは思っていないであろう男は、眼鏡の奥の目を瞬いた後、人差し指を曲げて唇を擦った。

柳は隣に立ち、幹太の手元を覗き込む。

「今はなにしてるの」

「火が通るまで少しかかるので、副菜の準備です。サラダはもう作り終って冷蔵庫に入っているので、今は玉ねぎのスライスとコンソメのシンプルなスープを……味見します？」

外食が多いということなので、薄味が物足りないかもしれない。

健康との兼ね合いもあるが、まずは柳がちょうどいいと思う塩加減を知っておいたほうがいいだろう。小皿にスープをよそい、はい、と渡す。

柳はぎくしゃくとした動きでそれを受け取り、口を付けた。

「味、薄くないですか？　もうちょい足します？」

柳は味わうように口を動かし、嚥下《えんか》する。そして微かにだが、笑った。

「おいしい。濃さもちょうどいい」

「そ、そうですか。よかった」

火を止めて蓋をし、小皿を受け取る。

たったこれだけのやりとりだったが、なんだかひどく心が弾むのを自覚した。

いつも無表情に近い顔なので、不意の笑顔にどきりとする。しかも、幹太の作った料理を食べて笑ってくれた、というシチュエーションも嬉しい。

「……もう出来た？」

「え？　あ、いえ。カレーのほうは、まだもう少しかかります。……先生の家は、カレーにはなに付けてました？　福神漬け？　らっきょう？」

「うちは福神漬け、かな。親父はらっきょうも食っていた気がするけど……子供の頃あの匂いが苦手で、食べられなかった」

「あー、わかります。でもよかった、らっきょうは好き嫌いがありそうだったので、買ってこなかったんですよ」

でも、大人になってから食べてみると意外といけますよ、と言えば、柳は少々興味あり

げな顔をした。今度買ってきましょうかと訊ねたら、こくりと頷く。

「……小佐野くんの家は？」

「うちはですねー、福神漬けと、卵類が付きました」

「卵類？　『類』ってどういうこと？」

幹太の母が作るカレーには、卵が付いて来る。それは日によってゆで卵だったり、温泉卵だったり、スクランブルエッグだったり、あるいは生卵のときもあった。

「生卵って、珍しいね。でも他のは普通にうまそう」

「卵買ってきましたから、出来ますよ。……なんか付けてみます？」

「えっ……卵とか、あるの」

やけに警戒心を剥き出しにされ、一瞬何事かと思ったが思ったが、なんとなく彼の意図を察して苦笑する。

「食材、一週間分買ってきましたから。勿論全部使い切りますし、ゴミもちゃんと始末しますからご心配なく」

不安な顔をされる前にきっちり説明をする。柳はゴミの処理をしなくていいと知り、ほっと胸を撫で下ろしていた。よほど「掃除」や「後片付け」が嫌なようだ。

「じゃあ、スクランブルエッグがいい」

「了解です」

ルウを刻んで入れ、とろみを出している間に白米をよそい、スクランブルエッグの準備をする。

　卵に牛乳と粉チーズと塩コショウを混ぜて、フライパンにバターをひいた。炒《い》り卵やオムレツを作るのとは違い、中火でゆっくりと混ぜながら、ぽってりとした柔らかい卵の塊を作っていく。ある程度固まったところで、白米の上に卵を載せ、空いているエリアにカレーを流し込んだら完成だ。

　おお、と柳が小さく歓声を上げる。

「サラダとスープは俺が運ぶので、カレー持って行ってもらっていいですか」

「うん」

　素直に頷き、柳はカレーを持ってリビングへと移動した。心なしか、その背中が嬉しそうに見える。先程まで、もしかしたら摂食障害なのかもしれないという疑念を持っていたのだが、違ったようで安堵した。

　流し台の下にあったトレイにサラダとスープ、福神漬けを乗せて運ぼうとすると、柳が再び戻ってくる。

「どうしたんですか」

「ん。カレーのときは牛乳飲みたいんだ」

　いそいそと台所へ向かう柳に、つい笑んでしまう。

――カレーに牛乳って、なんか給食思い出すなぁ……ちょっと可愛いかも。

口元を引き締めつつお膳立てをしていると、すぐに柳が戻ってきた。

「一日置いたほうがカレーはうまいと思ったので、おかわり分も入れて四皿分あります。いっぱい食べてくださいね。じゃあ、俺その間に水回りの掃除しちゃいますから」

入れ違いにリビングを出て行こうとすると、不意に腕を摑《つか》まれた。柳本人も何故かびっくりした顔をしていて、幹太は疑問符を浮かべる。

「え、と？」

「……小佐野くんは、食べないの？」

「え、だって家事代行ですもん。普通食べませんよ」

ＨＴ便利屋本舗は細かい規律は設けていないが、そこは母体である家政婦協会に倣《なら》っていた。家政婦などの家事を代行する職種は、料理を作ったからといって一緒に食べるということはまずない。

そんな話をすれば、そういうものなのかと柳があからさまに萎《しお》れた。

こんな表情をどこかで見たことがある、と思ったら、以前シッターを頼まれて向かった共働きの家で見た、孤食の子供と同じ顔だ。そのときも心が痛んだが、柳にも似た感情を抱いてしまう。相手は自分より十も年上だというのに。

「……あの、じゃあここにいますから」

それはそれで気まずいような気もするのだが、幹太の出した代替案に、柳は頷いた。

——いいのか、それでも。

柳に腕を引かれて、テーブルの前に座る。その向かい側に腰を下ろした柳は、手を合わせて「いただきます」と言った。そして、カレーを口に運ぶ。案外と一口が大きい。咀嚼《そしゃく》をして、柳は「うまい」と口にした。

「それはよかった」

「卵もうまい。ふわっとしててやわらかくて……なんかオムカレーって感じ」

「卵のトッピングも結構いけるでしょう？　あと、からあげとかもおいしいですよ」

「からあげ！」

それもいいな、と言いながら、柳は大口を開けてカレーを食む。細くて霞《かすみ》でも食べていそうな雰囲気なのに、柳はおいしそうにカレーをかきこんだ。その途中に目が合うと、すぐに逸れてしまう。けれど、どこか嬉しそうなのは伝わってくるのだ。

やはりシッター先の子も、「傍《そば》にいてくれるだけでいいから」と、食事の間幹太が傍にいることを求めていた。

——先生は、なにが寂しいんだろう……ゴミが多いのってそのせいなのか？

どちらかといえば、一人暮らしを始めたばかりで寂しさがあると、物が増えるのが一般的だ。幹太は心理カウンセラーの資格があるわけでもなければ、心理学に明るくもないので素人の考えだが、そういうことなのだろうかと対面の柳を見やる。

家政婦として大切なのは、入れ込みすぎないことと、絶対的な距離感だ、と母親は言っていた。自分はその点で、まだまだ未熟なのだろう。情に絆《ほだ》されやすいという自覚はある。

「……どうかした？」

柳に問われ、幹太は緩く頭を振る。

「いえ、おいしそうに食べてくれるなって思って」

「だっておいしいから。カレー久し振り……なんか外で食うカレーって、それはそれでおいしいけど家庭の味とは違うだろう？　あーカレー食ってるなーって」

言いながら、柳は牛乳をごくごくと飲む。

「こういうの好きなんだよね。クリームシチューとかビーフシチューとか」

「あ、ボルシチとか？」

ロシアといえば、と思いついて言った幹太に、柳は首を捻《ひね》った。

「いや、ボルシチって結構さらっとしてるよ」

それを驚くほど固いパンと一緒に食べる、という話を聞き、幹太はへえ、と感心する。

「へー。俺食べたことないんですよ。先生は本場で食べたことあるんですか？」

「うーん。本場っていうか、ロシアにいた頃は結構食べてたよ。あれはあっちの味噌汁《みそしる》みたいなもんだから」

「それ、本場じゃないですか」

「いや、ボルシチって元々はウクライナの料理だし」

「えっ、そうなんだ」

てっきりロシアの郷土料理だと思っていた。だがもはやロシアにとっても国民食のようなものだから間違いではないのか、と柳はぶつぶつと言っている。

ボルシチはビーツという赤い野菜を使うスープ料理だ。日本のカレーのように、豚肉を使ったり牛肉を使ったりと、地方や家庭によって作り方は様々らしい。

なんとなく、幹太はビーフシチューのようなものを想像していたが、ミネストローネのほうがまだ近いかも、と言われて驚いてしまった。料理は家政夫として最低限のレベルにはあるものの、大得意というわけでもないので、己の知識が少々心もとないのもわかっていた。だが、これからはもう少し料理のことも勉強しようと思う。

「先生、ロシアにはいつ行ってたんですか」

「……五年前に行って、二年間滞在してた」

ということは、戻ってきたのは幹太が大学に入る前の年だ。

「へー、ロシアには留学で……？」

「いや、仕事。通訳みたいなことしながら、あっちで日本語教えてた」

「え、そうなんですか⁉」

日本人にロシア語を教えている人が、ロシアでは日本語を教えていたとは。

「あれ、でも日本語を教えるのって資格いるんですよね。日本語の教師の資格も持ってるんですか？」

「持ってない。俺の場合は、知人の伝手でやらせてもらったから資格とかあまり問われなかったんだ。ＪＩＣＡとかで行こうとすると資格なしじゃ絶対無理だけどね。案外条件が厳しいんだ、あれは」

言いながら、柳はちょいちょい、とじゃがいもを皿の端に避ける。好きだからとっておくのか、嫌いだから避けているのか、どっちだろうと思いながら幹太は相槌を打った。

「あくまで俺の所感だけど、ロシアの日本語教育現場って結構緩いんだよね」

他の国の場合は、必ず有資格であることが採用条件としてあげられるらしいのだが、ロシアの場合は必要としないことも多いそうだ。「ネイティブの日本人で、やる気があればいいよ」という緩い募集もそれなりにあるらしい。

勿論、柳が採用されたのは、日本人の大学生相手にロシア語を教えている、という実績があったからなのだろうが。

「へー。なんでロシアは条件が易しいんですかね？」

「さあ。お国柄なのかもしれないし、ロシアって日本語学校を世界で最初に作った国だしね。縁というか因縁というか、そういうものもあるのかも。俺の場合は、教授の伝手があったからだけど」

まだ日本が鎖国をしていた時代にロシアには日本語学校があった、という話や、そのときに日本語を教えていた日本人は元々なんの職業の人が多かったと思う、というクイズを出されたり、柳はよもやま話を披露してくれたりする。

柳は普段の授業中、雑談はしない。だから、こんな風に話をするような人だとは思ってもみなかった。

柳は最後まで残したじゃがいもをまとめてスプーンに載せ、一口で食べきる。

完食したのを見届けてから時計を確認すると、約束の時間が過ぎていた。

「――あっ、やばい！　洗い物！」

慌てて立ち上がり、キッチンへ向かおうとすると、柳が「別にいいよ」と言った。

「時間も過ぎちゃったし、次来てくれたときで」

やはり自分で洗う気はないようで、そんな柳に苦笑をしつつも幹太は頭を振った。

「ちょっと時間過ぎちゃいますけど、急いでやるんで！」

「じゃあ延長料金出すから」

「もとはといえば俺が時間配分ミスったので、いいです！　あ、残りは密閉容器に入れとくんで明日食べてください。カレーは意外と足が速いんで、冷蔵庫にちゃんと入れてください。それから――」

洗い物をしながら言えば、柳がじっと幹太を見つめていた。

「なんです？」

「……守銭奴、って自称する割に、全然だなあと思って。小佐野くんは、いつも一生懸命だよね」

おかしそうに笑った柳に、どきりとする。

部屋に籠りきりのことも多くて、幹太のことなど全く気にも留めていないと思っていたのに、そんな風に言われて急に己の体温が上昇した気がして幹太はスポンジを無意識に握りしめた。しかも、仏頂面の彼が、幹太のことで笑顔になっている。

「……や、俺は無償労働はしませんから。これは自分のミスだからやるってだけです。当たり前です」

「そういう『当たり前』ができない人も多いもんだよ、世の中には」

いちいち自分のことをフォローしてくれなくてもいいのに、と思いつつ、幹太はがしがしと食器を洗った。

それに、常々自覚はしていることではあるものの、自分はこの男の前で守銭奴と言ったことがあっただろうか。

気付かぬうちにそんなアピールをしていたかと思うと恥ずかしくなった。ちょっといいなと思っている相手には、よく思われたいという小賢しさは持ち合わせている。

「――はい、終わりました。帰ります！」

洗った食器を流しの下にしまい、幹太は割烹着を脱いで鞄にしまい込んだ。どうせ使わないのだろうから、布巾は洗濯機に放り込んでしまう。

柳は玄関まで見送りに来た。

ひょろりとしたシルエットの柳を見て、幹太はぐっと拳《こぶし》を固める。

「先生、俺、先生のこと平均体重にしますね！」

「……はい？」

唐突な発言に、柳は眼鏡の奥の目を丸くした。

「身長の割に痩《や》せすぎなんですよ、先生！　俺、これからちゃんと毎食分の料理用意しますから！　……あ、でも外食したいときも絶対あると思うんで、遠慮なく言ってくださいね」

幹太が言い募ると、柳は考え込むように口元を手で覆った。

「……期待してる」

「はい、また明後日来ます。ありがとうございました」

失礼します、と頭を下げて帰ろうとした幹太の腕を、柳が掴んで引き留める。驚いて見返すと、柳も何故かびっくりした顔をしていて、両手をぱっと上げた。

「先生……？」

「あの……ええと」

柳の目元がふんわりと赤く染まる。つられて赤面しそうになりながら、幹太はなんでしょう、と問うた。

「……あの、友……に」

「はい？」

急にもごもごと小さな声になったので聞き取れなかった。柳は頭を掻き、思い切るように息を吐いた。

「——あの。『友達』からお願いするにはどうしたらいいかな」

「……はい？」

あまりに予想外の言葉だったので、飲み込むのに時間がかかってしまった。

友達。

確かにそう聞こえたような気がするが、一体どういうことなのか。

「……友達って、自分と、ですか？」

念のため聞き返せば、柳は無表情のまま目線をちらちらと横に逸らす。そちらのほうになにかあるのかと思ったが、なにもない。

再び見据えれば、柳はぎゅっと眉根を寄せた。

「ええと……だから、友達……代行の、こと、なんだけど」

「え、あ、あー……」

一瞬、幹太と友達になりたい、という申し出なのかと思ったが、そんなはずはなかった。勘違いしてしまった自分が恥ずかしく、幹太は口を押さえる。

「……小佐野くん？」

「あの、ご結婚かなにかされるんですか」

「なんで？」

「友人代行ってことだったので、来賓席に座るのかなって……」

幹太が言うと、柳はあからさまに落胆した顔をした。

「……やっぱり、そういうのじゃないと友人代行って駄目なの？　それとも俺が年上だから駄目ってことなのかな」

柳が結婚するわけではない。その事実にほっとしながら、幹太はぶんぶんと首を振った。

「いえ、別に大丈夫です。友人代行とか、人材関係の代行は基本一日八千円で、これだけは拘束時間は明確に決めません。言ってみれば、最大で二十四時間、お客様によっては一時間に満たないこともあります。都度書類に受領のサインだけして頂いて、お支払いは現金で最終日に頂く形です」

「じゃあ、ＯＫってこと？」

「はい、もちろんです！　あ、でも今日は書類がないので、契約書はまた後日お持ちします。ちなみにいつ御入用で――」

「いつとかじゃなくて、毎日お願いしたいんだけど」

「へっ……あの、じゃあどうしても顔を合わせない日もあると思うので、家事代行と同じで顔を合わせた日ってことで、いいですか？」

「……でも、普通に八千円かける三十日のほうが儲《もう》かるんじゃない？」

「だって、会わない日まではもらえませんよ！　日払いなんですから」

もらえればそれはそれで有り難いけれど、心苦しいなんていうレベルではない。幹太が言うと、柳はしぶしぶ、といった形で受け入れた。

「君って本当に……まあ、いいや。じゃあ友達だから、これから『幹太』って呼んでいい？」

「え、あ、はい」

今まで「小佐野くん」だったのに、急に呼び捨てにされて心臓が大きな音を立てた。

柳は小さく頷いて、それから「じゃあ幹太も」と口にする。

「友達なんだから、『先生』と敬語、やめてね」

「は、はい……じゃなくて、うん。わかった。……柳、さん」

柳相手にタメ口を利くことも緊張したが、先生と呼ばないことにも心が揺れる。それと、と更に柳の要求は続く。

「友達だったら、一緒にご飯食べてくれる？」

「は――」

一人で食事をしたのがよほど寂しかったのだろうか。なんだかおかしくなって、「勿論」と頷く。柳はその返答を聞いて、微かに笑った。

「じゃあ、よろしくね。幹太」

「こちらこそ」

差しのべられた手を咄嗟《とっさ》に握り返そうとすると、柳はその手元をじっと覗き込んだ。

「どうしたんです……どうかした？」

「……ロシアではね、男同士でも口と口でキスするって文化が」

「俺たち日本人！」

瞬時に反駁《はんばく》すると、柳がぷっと吹き出す。

「冗談だよ。それに、今はロシアでもその文化は廃《すた》れてるから実際にはあんまりしないよ」

じゃあ何故それを言いだしたんだと言いたい気持ちを堪えて、幹太は乱暴に握手をして「じゃあまた！」とドアを閉めた。ドアに背中を付けて、幹太は息を吐く。

「……くっそ……」

――俺には洒落《しゃれ》にならないんだっつうの……。

いっそ本気でキスしてやればよかった。そんな度胸もないくせにと自嘲《じちょう》して、幹太はエレベーターを使わずに、非常階段を駆け下りる。

動揺したまま帰社し、一日の報告をしながら、友人代行の依頼を受けたので次回書類を持っていく、という話をしたら、広之は思い切り引いていた。

一回り近く年下に金でそんなこと頼むなよ、と心底呆れた様子の広之だったが、それでも幹太は、友達になりたいと思ってもらえて嬉しかったのだ。

今まで大学では顔を合わせても他人のふりをしていたのだが、「友人代行」の契約をしてからは、あちらから話しかけて来ることもあった。それからは、幹太も気安く話しかけるようにしている。

夕飯どうする、という話をしていたところを友人の田所に聞かれてしまい、食事を一緒にするくらいには親しくなったのだと言い訳したら驚愕していた。表向きは「ロシア語およびロシア文化に深い興味を覚えたため」と説明しているので、これからもっと勉強せねばと内心冷や汗ものだ。

ロシア語Ⅱのテストは来月の下旬、冬休みに入る前に実施される予定らしいので、これは気合を入れてかからないといけない、と密かに緊張していた。

最初の頃こそ、呼び捨てにされることや敬語を使うなと言われることに慣れていなかったが、近頃ようやく自然に話しかけられるようになった。

家事代行中は今まで通りにしようと思っていたのだが、柳に、

「友人代行の一日分の代金が八千円なんだろう？　つまり一時間約三百三十四円、家事代行中の二時間を取られたら、俺は友人契約のうちの六百六十八円分を損しているわけだけど、その差額はどうするの？」

と言われて納得し、差額は払いたくないので平行してやることになった。つまり、家事代行中も口調は変えない、というだけでやることは変わらないのだが。

なんとなく守銭奴な性格をうまく突かれたような気がするが、それはそれで自分という人間を知っていてもらっているようで嬉しくもある。

柳は「代行」とはいえ、ちゃんと友人としてのスタンスに切り替えていて、以前は幹太がいる間は自室に閉じこもっていたのだが、現在は幹太がいるときはちゃんと一緒に過ごしている。

決して掃除や炊事を手伝うわけではないし、幹太も仕事で来ているのでそれは望んではいなかったが、作業中に鳥のひなのように背後について回ることがある。そして幹太の手元を覗いては「それなに？」「今はなにしてるの？」と訊いて来たりするのだ。

色々と変遷《へんせん》した柳像は、最終的に「人見知りの激しい、少し甘えん坊な人」に落ち着い

た。かつて密かに憧れていた柳とは違うが、今となっては、こちらのほうが好ましくなってしまっている。

自分しか知らない「柳祥吾」がいることに、幹太は優越感を覚え始めているのだろう、きっと。

「――ねえ、柳さん。前から気になってたことがあるんだけど、聞いてもいい？」

「ん。なに」

キッチンでロールキャベツの準備をしながら口を開くと、後ろに控えていた柳が頷く。

家政夫として柳の家に来るようになってから、既に数か月が経過している。

可能な限り隅々まで綺麗にした、という自負があるものの、幹太が一度も足を踏み入れたことのない場所が一室だけあるのだ。

「俺、柳さんの部屋って入ったことないんだけど……どうなってるの？」

幹太の問いに、柳はぎくりと顔を強張らせた。

「……どうなってるって」

「決まってるでしょ。ゴミだよ」

柳は基本的に、物を片付けるということをしない。

幹太の仕事だから構わないのだが、綺麗に片付けた部屋が一日ともった日はないのだ。

となると、幹太が一度も入ったことのない場所は相当荒れているだろう。入らない代わりにゴミは出すように、とは言っているが、全部綺麗に出してくれているとは限らない。

今までは顧客のプライバシーは守らないといけないと思っていたし、禁則事項を破るなどということは有り得ないので訊くことすらしなかった。代行とはいえ「友達」という肩書があるので、それでもここまでの時間を要してしまったが、今なら言える。

「ゴミはちゃんと出してるだろ」

「そうだけど、気になるもん。友達なんだから、入れてくれたっていいじゃん」

ねえ、と迫れば、柳は唇を引き結び、頬を染めた。もうひと押しかと、幹太は更に迫る。

柳の視線が、うろうろとし始めた。

「なんでそんなに恥ずかしがるの？　部屋が汚いのは今更だし、なんなら俺、『友達として』掃除してあげてもいいよ？」

「絶対駄目！」

柳が珍しく大声を出して言うものだから、幹太はぷくっと頬を膨らませた。

友達ならなんでも話せとは言わないが、そこまで拒絶されると、面白くない。不満を露《あら》わにすれば、柳が狼狽《ろうばい》しだした。

客相手にならば絶対そんなことはしないが、「友達」なのでつい油断して気安い態度を取ってしまう。

柳はがしがしと頭を掻き、断腸の思いとでもいうように声を絞りだす。

「わかった……ちょっと待ってて」

柳はそう言って、自室に引っ込んでしまった。何事かばたばたと音がして、三十分ほど経過した後、ようやく柳が部屋から出てくる。キッチンに出したその顔は心なしかげっそりとしていた。

「……どうぞ、入っていいよ」

「えっ」

「えってなに。入りたかったんじゃないの」

「あ、うん。そうそう！　お邪魔しまーす！」

幹太はロールキャベツの鍋の火を止め、柳の部屋に向かう。

今まで自分にとっては開かずの間だった場所を初めて見られるということで、わくわくしながら覗き込んだ。

六畳ほどの洋室には、ベッドと机、背の低い書棚、テレビやオーディオ類などが配置されている。寝室というよりは書斎のような趣《おもむき》がある部屋で、机の上にはやはり仕事に関連するものが沢山詰まれていた。

「わー……でも、なんか意外」

「なにが」

「案外綺麗だから。やればできるじゃないですか」

褒めると、柳は目元をうっすら染めた。幹太の褒め言葉に、照れているらしい。

そう？　と言いながらはにかむ柳に、幹太は思わず口元を押さえる。

——可愛いじゃないか、ちくしょーめ……。

年上の男性に可愛い、などと言うのは失礼なような気がして黙ったが、幹太は柳のリアクションをいちいち可愛いと思ってしまう。

「幹太？」

「……いえ、なんか本いっぱいですね」

幹太はきょろきょろとしながら、書棚に目をやる。半分はロシア語や外国語の本、もう半分は日本語の本が沢山差してあった。

幹太の自室の書棚にあるような漫画は殆ど見当たらない。小難しそうな本ばかりで、まるで図書室だな、と感心する。

中でも、辞書類の多さが目についた。幹太は第二外国語のために買った露和辞典と電子辞書一つで済ませてしまっているが、柳の書棚には、こんなに必要なのかと思うほどの種類の辞書が並んでいる。

辞書だけで、棚を二段使うほどだ。

「……こんなにいります？」

「いるよ？」

けろりと返されたが、俄《にわ》かには信じがたい。

「ええー……？　うわ、これとかすごい古い！　露和……露和じ……？」

「露和字彙《じい》」

書棚にある古い露和辞典を、許可を得て手に取ってみる。紙の焼け具合は勿論、書体も古い。奥付を確認したら、明治《めいじ》時代に発行されたものだった。

まず、日本語のほうも幹太には満足に読めない。幹太がこれを読み解くには、また別の辞書も必要になりそうだ。

「……こんなのいります？」

「いるよ？」

驚きのあまり、今しがたしたばかりの似たようなやり取りを繰り返してしまった。柳はその辞書を手に取り、例えばね、と言う。

「日本語も昔と今じゃ言葉遣いが違うだろ。それはロシア語も一緒。だから古いものを読み解くときには、当時のものを使うわけ。辞書っていうのは版を重ねるごとに言葉が増えたり減ったりしてる。現代の資料で解説されてればいいけど、そうとも限らないからね」

「はあ……なるほど」

「あまり使う機会は多くないけど、必ず使うものでもあるからね。……まあでも、半分は趣味もあるかな」

半分以上じゃないのかと思いながら、幹太は相槌を打つ。

「あともう一個気になったんだけど」

「なに？」

部屋は片付けてあるように見えたが、大物をどかしたり、見えない場所に隠したりしてあるだけだろう。それに、長いこと掃除機をかけていないようで、床が汚いのだ。さっきから靴下の裏がじゃりじゃりしている。

好きな人の部屋に初めて来た、という割と心ときめくシチュエーションのはずなのだが、こんなところばかり目についてしまうのは、職業病の自分が悪いのか、掃除の出来ない彼が悪いのか。恐らくそのどちらもか、と息を吐き、幹太は柳を見据えた。

「――掃除機、かけていい？」

今日は黙って退散しようかと思ったが、やはり我慢できなかった。

「え、いや……」

「掃除機持ってくる」

渋られる前に先にやってしまおうと、幹太は廊下に出て、収納場所から掃除機を取り出した。

「ちょ……待って」

「なら柳さん自分でかける？」

　そこで「うん」と言わないのが柳だ。えっ、と明らかに嫌そうな顔をしたので、埃や紙屑《くず》や諸々でざらつく床を見下ろしながら、幹太は笑顔を向ける。

「ちょっとだけ。ささっとかけるだけだから。すぐ終わるから」

　幹太はおろおろしている柳を尻目にスイッチを入れた。掃除機を滑らせる度に、ざらざら、カラカラ、と吸い込む音がする。毎日かけていればこうはならないんですよと思いながらも、ひたすらに掃除機をかけた。

　机やテレビ台の周辺、ベッドの下も綺麗にする。台の前に積まれたＤＶＤのケースを端に寄せたときに、テレビとその台に埃が積もっているのも気になってきた。

　雑巾で台の上を拭き、なにげなく裏側を覗き込んでみると、壁と台の間にケースがひとつ落ちている。

「柳さん、なんか後ろにＤＶＤのケース落ちてるよ」

「あ……」

「ちょっと待って、取るから」

　配線のところに引っかかっていたケースを、幹太は拾い上げる。そのパッケージを見て、しばし固まった。

　それは背後にいた柳も同じだったのだろうと思う。

　その表紙では、男二人が裸でもつれ合っていた。

家事代行をしていて、ＡＶを見つけてしまったり、大人のおもちゃを発見してしまったり、第三者の目に触れてはならない記念撮影をしているものなどを発掘してしまうことは今までにもあったが、今回はそれを上回る衝撃だった。

幹太はゲイである自覚はあるが、誰ともお付き合いをしたことがなければ、同好の士と対面したこともない。

身近にいたこと、しかもちょっといいなと思っている相手が、という偶然にも、驚きだ。そんな都合のいいことがあっていいのだろうかと困惑すら覚える。

そして幹太はまだそちらの方面のＤＶＤやエロ本を買ったことがなかったので、初めて見る生のゲイものに目を白黒させてしまった。

柳もなのかと一瞬喜んでみたものの、ＤＶＤが別の誰かのものかもしれないので「俺もこっち側なんですよ！」と安易にカミングアウトしていいものか判断に迷う。

ＤＶＤを凝視したままぐるぐると考え込んでいると、不意に手元からケースが消えた。取り返したのは柳だ。

柳はそれをぽいと机に投げ「気にしないで」と口にする。

「柳さん」

「……ありがとう、部屋、綺麗になったね。もういい？」

そう言いながら、柳は強引に幹太を部屋から出した。明確な拒絶を感じ取り、幹太は慌てて振り返る。

「あの、柳さん。俺」

「もう時間だよね。お疲れ様」

今日の分のサインをするから早く出て行ってくれと言わんばかりの応対に、幹太は眉根を寄せる。もしかしたら、次回から来なくていいと言うつもりなのでは、という危惧が湧《わ》いて、幹太は「柳さん！」と強めに呼びかけた。

柳は唇を引き結び、睨むように見上げる幹太を一瞥し、息を吐く。

「……見て見ぬふりくらいしてよ、家政夫さんのプロなんでしょ？」

責めるような響きの科白に、幹太はぐっと唇を噛む。もうこれ以上踏み込んでくるなと、彼が思うのは当然だろう。自分も、普段だったらこんな風に追い縋《すが》ったりはしない。

それでも、もし幹太がゲイではなかったとしても、柳にはなんらかのフォローはしたはずだ。

確かに、プロ失格なのだろう。まったく望みがないと思っていた相手に一筋の可能性を見出したことを個人的に喜んでしまったのだ。

けれど、これに乗じて告白をするのは違うとも思う。ゲイだからといって、幹太が恋愛対象とは限らないからだ。

「大丈夫だよ。これで気まずいから契約打ち切りますなんて、言わないから」

「……そんなこと、別に心配してません」

そういうことではないのだと、幹太は頭を振る。

「そう、よかった」

柳はまったく感情の籠もっていない声音で言いながら、後ろ手にドアを閉めた。ばたん、という音が幹太を拒んだように聞こえて、指先が冷える。

幹太の真意が柳に伝わっているとも思えず、それを伝えようとしても口が回らない。混乱している己に幹太は焦れる。

「じゃあ、サインするから今日の勤務表頂戴」

はい、と手を差し出され、幹太はまだ彼に対してフォローが足りないのではないかと思いながらも書類を差し出した。

いつもと変わらない様子でありながら、早くこの場から幹太を弾き出そうというのが透けて見える。

やっぱり、こちらもカミングアウトしてしまったほうが、変に気まずい思いをさせない気がした。

——だったら正直に、好きって告白したほうが……いいよな。

柳が書類を返すタイミングで言ってしまおうと、幹太は意を決して口を開いた。

「——あの」

「大丈夫」

先手を打った柳の言葉に、幹太は固まった。

「大丈夫って……？」

「いくらゲイでも、誰彼構わず見境なく手を出したりはしないよ。幹太は守備範囲外だから、安心していいから」

何気なく返された言葉が、思い切り胸に刺さる。告白する前に振られて、幹太はなんと言ったらいいのかわからなかった。

「……ああ、興味ない相手にでも趣味じゃないって言われると複雑か。ごめん」

「守備範囲外」の次は、「趣味じゃない」。そんな言葉にざくざくと傷付いているだなんて、柳は思いもしないだろう。

顔が強張って、表情を動かすことも出来ずに幹太は立ち尽くす。

「『友人代行』の契約してるんだから、ちゃんと今まで通りしてね」

書類を差し出しながらそんなことを言われては、幹太は頷くほかなかった。

「……どうしたんだよ、辛気臭い顔して。悪いもんでも食ったか」

事務所へ戻ると、叔父の広之は開口一番そんな風に揶揄《からか》った。

けれど、よっぽどひどい顔色をしていたのか、黙ったままの幹太に広之は怪訝そうに眉を顰める。立ち上がり、幹太の顔を心配そうに覗き込んできた。

「本当に、どうしたんだ。……なにか、柳のところであったのか」

珍しく真剣な声音で問い詰めてきた叔父に、幹太はようやく顔を上げる。

あからさまに動揺した表情の広之をおかしく思い、睨むように見返した。

「……広兄、なんか知ってるの」

「なんかって」

「柳さ……、先生のところでなにかあったのかって、なにがあると思ってるの」

幹太の問いに、広之はばつの悪そうな顔をした。

広之は、どこまでなにを知っているのだろう。

じっと見つめていると、広之は頭を掻きながら応接用のソファに腰を下ろした。幹太もその隣に座る。

そわそわとしながら、大仰に咳《せき》払いをして、広之が幹太の肩に触れた。

「幹太、どうしたんだ」

「……広兄、柳さんが男の人が好きって知ってたの」

「なんかされたのか！」

「されてないよ！　俺の質問は⁉」

一足飛びに話を持って行った広之に怒鳴り返すと、叔父はほっとした様子でソファの背もたれに身を沈めた。

それはいくらなんでも失礼な反応じゃないのかと咎める視線を送る。

やはり、広之は知っていたのだ。道理で、この依頼を受けたときから落ち着かない雰囲気で、今までは割と放任だったのにやけに様子を聞いて来たり、事務所で待機していたり、ということが増えたわけだ。

ゲイだというだけで警戒されるのか。眼前の叔父は己の甥も同じなのだと知ったら、どんなリアクションをするのだろう。

そんな不穏な考えに気付くはずもなく、広之は深々と嘆息した。

「びびらすなよ、お前」

「なんでびびるんだよ。先生はそんなことしないよ。そんな人じゃない。……ただ、今日偶然ＤＶＤ見つけちゃって」

ああ、と広之は安心したように頷く。

いっそ、手を出されても構わないくらいなのだと答えたらどんな顔をするだろうかと思ったが、広之にはカミングアウトしていないので話せない。

黙り込んだ幹太に、広之は「大丈夫だ」と柳と同じ言葉を口にした。

「大丈夫って、なにが」

「お前みたいなガキには、柳は興味ない」

親指を立て、からっとした笑顔を見せられたことが、とてつもなく癪《しゃく》に障る。

「……わかってるよ！」

どうして二人揃って同じことを言うのだと、幹太は泣きたい気持ちになりながら席を立った。

鞄から書類を取出し、乱暴に応接用のテーブルに叩きつける。

「今日の分の書類。……じゃあ、お疲れ様でした。社長」

「なに怒ってんだよ幹太」

怒ってなんているもんか、と幹太は広之に背を向け、事務所を後にした。


翌日、いつものように家事代行サービスをしに行った幹太は、柳の顔を直視出来なかった。

けれど、柳が丁度仕事の忙しい時期に差し掛かっていたようで、彼もまたリビングのソファで仕事に没頭していたので会話はそれほど必要としない。そこに安堵しながら、幹太は仕事に集中する。家事をしている間は、心頭滅却も可能だ。

だが、ぎくしゃくしているのは互いにわかっているだろう。いつもならばいくらか話もするのに、今日は挨拶をした後は互いに一言も喋《しゃべ》っていない。

──仕事中に話しかけるなって言ったのは柳さんだけど……これはいくらなんでも不自然だよな。

当初の契約ではそうなっていたけれど、このところは仕事をしているときでも、雑談くらいはする仲だったのにと、このぎこちなさがもどかしい。

己の浅慮が招いた結果とはいえ、もう一度前のような間柄に戻れるかどうかはわからないが、努力くらいはしたい。

ちらりと時計を見れば、もう家事代行の終了時間だ。割烹着を脱ぎ、鞄からいつものように書類を取り出す。

──だって、友人代行は続行だし。……「友人」なんだから。

ちゃんと話をしよう。幹太はそう決意して、振り返る。

「ねえ」

いつの間にか背後にいた柳に声をかけられ、幹太は「ふぁいっ」と変な声を上げてしまう。

出鼻を挫《くじ》かれた動揺と、情けないところを見られたことで、幹太は固まる。柳は顳顬《こめかみ》を掻きながら、ゆっくりと瞬きをした。

「あのね」

「……はい」

「やっぱり昨日のこと、気にしちゃうよね」

急に核心を突いてきた柳に、幹太は思わず口を噤んだ。それが肯定となって返り、柳は息を吐く。

「意識しないでっていうのも、無理だと思うんだ」

今まさに無理みたいだしね、と言われれば幹太も反論のしようがない。

「そんな状態で友人代行も白々しいと、思うんだよね」

「はあ……まあ……そう、です、かね？」

柳は一体なにが言いたいのか。

だから、契約自体を打ち切らせてくれ、とそういう話になるのだろうか。

心臓が嫌な具合に速まり、幹太は唾《つば》を飲む。ちゃんとするから、辞めろなんて言わないでと頼むべきか。けれど、顧客とサービス提供側の間でそんな擬似的な愁嘆場を演じるのは頂けない。

柳に会えることも、柳自身が上客だったことも、とてもおいしい仕事だったが、客がもういらないと言うのであれば、こちらから言うべきことはない。

「……で、俺からの提案なんだけど」

「はい……」

「——『友人代行』やめて、『恋人代行』をお願いしてみようと思うんだけど、どうかなあ」

「……はい？」

友人代行をやめる、と言われた瞬間にびくりとしてしまったが、そのあとに続いた言葉に幹太は目を丸くする。

——んん？　……なんだって？

友人代行の打ち切り。ここまではよしとしよう。その後、この男はなんと言ったのか。

彼の口が紡いだ言葉を反芻し、幹太は眩暈《めまい》がしそうになった。

「幹太はどう思う？」

「恋人代行……ですか？」

「そう。人材サービスのひとつにあるって、前に言ってたよね？」

柳本人には言ったような言っていないような気もするが、なにかの折に話してしまっていたかもしれない。頭が働かず、どこか遠いところから聞こえ始めた柳の声に、幹太はそうですねと相槌を打った。

「じゃあ、友人代行から恋人代行に、契約切り替えてもらってもいい？」

「あの！　でも俺、男……なんですけど」

「見ればわかるよ。それに、俺の趣味も知ってるだろ？　幹太が男だからこそ、頼んでるんだけど……仕事なら、なんでも受けるんじゃないの？」

確かにそうだったし、仕事をするときはそういう心構えでいる。だが、これは。

「あ……『恋人代行』は男同士じゃ駄目ってこと、かな？」

前例はないが、性別に関してのルールは特に設けていない。問題は、そこではなかった。

「そんなことは、ないです、けど。でも」

「じゃあいいじゃない」

問題があるのは、幹太の心のほうだ。

柳はゲイだが、幹太のことは好みではないと言っていた。どういう心境の変化か気まぐれかはわからないが、そんな幹太を仮初《かりそめ》の恋人に選んでくれたのだから、ここは乗っておくべきなのだろう。

けれど、柳と「恋人」の契約だけはしたくなかったのだと、突き付けられてみて自覚する。そんなことを言ったら、柳は引くだろうか。

息が詰まって苦しくて、泣きそうだったが、幹太は「わかりました」と努めて冷静に答えた。

「あの、俺ですよ？　チビだし、子供っぽいし……その、あんまり目の保養になる感じのタイプじゃないんですけど」

しどろもどろになりながら言うと、柳は眉を八の字にする。眼鏡の奥の双眸が、やけに悲しそうな色を湛《たた》えるのに、幹太は狼狽した。

「それ……お断りってこと？　駄目なら断ってくれていいんだよ。……というか、そういうことならむしろ、ちゃんと断って？」

今まで押しの一手だった柳に急に引かれて、幹太はぎくりとする。

「ち、ちが」

「じゃあどうして？　なんで駄目？　俺だからってこと？」

柳が駄目と言いたいわけでも、柳に問題があるわけでもないのだ。そこだけは誤解して欲しくなくて、ただ、積極的に己の好意を伝えるわけにもいかなくて、幹太はパニックになった。

「で、でも、俺のこと好みじゃないいん、ですよね？」

「だって、『代行』でしょ」

返ってきた言葉に、幹太は口を噤む。

――付き合うわけじゃないから、好みかどうかは関係ないってことかな……？　好みのタイプならラッキーだけど、そうじゃないならそれはそれで問題ないっていう。……考えようによっては、これもチャンスみたいなもんだよな、俺にとっては、多分。

逡巡《しゅんじゅん》しながら、幹太は意を決して頷く。

「……人材代行系は、同じく一日八千円です。こちらもお支払日にまとめて現金で頂きます」

動揺が声に現れていないか、表情に出ていないか、不安になった。

柳は幹太の返答に、よかった、と笑う。

「あ、領収書のところには直接書かないでもらえると有り難いかな」

領収書をという単語に、あくまでビジネスだということを思い知らされて、ざっくりと傷付いた。

幹太がこんなにも傷付いているなんて、柳は想像もしていないだろう。けれどそれを顔に出すだけの可愛げはなくて、幹太は勿論ですと笑顔で返した。

「よかった。じゃあ、明日からは恋人代行、よろしく」

「え、でも明日は……」

家事代行はゴミを出す日に併せているので、月水金の三日のはずだ。明日は土曜日なので、顔を見せる日ではない。

柳は言い淀《よど》む幹太に、ふむ、と頷く。

「なにか仕事が入ってるなら、その後でもいいけど」

「えと、わかりました。……特に予定があるわけでもないので、いつでも大丈夫です。何時におうかがいしますか」

幹太の問いに、柳は考え込むような仕種をして、「じゃあ十時に来てくれる?」と口にした。

友人代行のときも、家事代行以外の日にお呼ばれすることもあったので、特に不思議な話ではないのだ。それを躊躇してしまうのは、この依頼にまだ戸惑っているからに過ぎない。

「了解です。じゃあ、また明日来ますね」

「うん、よろしく」

そう言って、柳は自室へ行ってしまった。

今日が「友人」最後の日だというのに、あっさりしたものだ。それが己の感傷でしかないこともわかっていて、幹太は頭を掻く。

本人がいないのに、ドアの前でお辞儀をして、幹太は柳の部屋を後にした。

鍵を閉めて、嘆息する。

──恋人……?　俺と柳さんが……?

代行とはいえ、恋人と名前の付く関係に自分と柳がなるとは思っていなかった。

嬉しさはない。気持ちが通じたわけではなく、むしろ互いに惹かれることがない安全牌《パイ》として選ばれたのだろう。幹太は、自分の気持ちが露見しそうで怖かった。

——でも、お金のためだし。

自分は守銭奴だから、お金が大事だから、こんなことをショックに思うはずはない。あくまで仕事なのだからと無理矢理心に言い聞かせて、幹太はその場を後にした。

そして、友人代行から恋人代行にシフトしたことを、広之には言えなかった。代金は変わらないので、言わなければわからない。書類を書き直すのも面倒だし、という言い訳を、他でもない自分にする。

友人代行、と書類に書きこんだときの躊躇に、幹太は気付かないふりをした。


土曜日や日曜日など、休みの日に柳の家に行くのも、手ぶらで訪れるのも殆ど初めてのことだ。

たったそれだけのことに緊張して、いつも押しているインターホンに触れるのを逡巡する。

意を決して押せば、柳が「合鍵持ってるでしょ」と笑って応答した。

「そうなんですけど」

変なの、と言いながら柳がオートロックを開ける。

部屋に向かってドアを開ければ、柳は廊下に立って待っていた。

「いらっしゃい。鍵忘れた？」

あれは「家事代行」として預かっているものなので、使っていいのかどうか迷ってしまったのだ。そう言うと、柳はどうしてと笑った。

「寧ろ、恋人なんだから合鍵で入ってくるほうが自然じゃない？」

「あ、それもそう、ですかね？　すみません」

「あとさ、なんでその口調？　友人代行のときのほうが砕けてたよ」

「っと……すみま、じゃなかった。ごめん」

「いいよ。でもこれからはちゃんとやってね。仕事なんだから」

柳に念を押され、幹太は笑顔で頷きながらもひどく傷付けられる。心と真逆の表情を出さなければいけなかった分、余計に心が痛んだ。

お邪魔します、と断って、リビングに上がる。何度も来て、何度も掃除したのに、ひどく緊張した。

柳が対面式のキッチンへ移動してしまい、そわそわとしていると、リビングにずっと置きっぱなしだった段ボールが中央に寄せられていることに気が付いた。

「これ、どうしたの」

「えっと、段ボール移動させたよ？」

柳がキッチンから、何故か疑問形で返してくる。

「そんなもの見りゃわかる。いつも置いてある箱、なんでこんなど真ん中に置いておくの、ってこと」

「あー、うん、それね」

柳はペットボトルのお茶を持ってきて、一本を幹太に渡してくれた。

一瞬なんで急にお茶をくれたのだろうと疑問を抱いたが、客人にお茶を出す感覚と一緒かということに気が付いた。洗い物が面倒なので、ペットボトルをくれた、ということなのだろう。

家政夫とも友人とも違う扱いの片鱗《へんりん》を見つけて、どぎまぎする。

けれど柳はいつも通りの様子で、それ、と段ボールを指さした。

「実は今日、これを組み立てようと思ってさ。幹太に手伝ってもらおうかなと」

「……これなに？」

「棚」

初めてここに来たときから置いてあったのだが、ずっと放置されていたのでなにか事情があるのかと思っていた。柳曰く、実はこのマンションに引っ越しをしてきたときから買ってあったのだという。一旦タイミングを逃したら組み立てるのが面倒になって、今の今までほったらかしになっていたのだそうだ。

それにしたって、幹太が家事代行業をしにやってきてからもう数か月も経過している。しかも、何故このタイミングなのか。

「でも俺、今日工具類とか一切ないけど……」

「大丈夫。ちょっとなら持ってるし、組立簡単、ってやつで特に工具とかいらないっぽい。ボンドがいるらしいけど、それは持ってるし」

「ならいいけど」

なにか恋人らしいことをするのかと緊張していたが、柳はあくまでいつも通りだ。拍子抜けしたような、不安になるような微妙な気持ちを抱えたまま、幹太は柳と一緒に棚作りを開始する。

組み立てが簡単だという触れ込み通り、一時間もかからずに完成した。

ただ、出来上がったのは棚ではなく、高さ一メートルほどの木製のチェストだったが。

「できたー」

ぱちぱちと手を叩く柳に、幹太も倣って手を叩く。

二人で協力して作業したというより、殆ど幹太一人で作ったようなものだが、それについてはなにも言うまい。

「で、これなにに使うつもりだったの？」

「んーと、下着とか靴下とかタオル入れるとこにしようかと思って」

「マジで！　俺、お客さん相手だから言わないようにしてたけど、それ入れる収納ずっと欲しかったんだけど⁉　あるなら言ってよ！　ていうかずっとあったのになんで言ってくんないの⁉」

「だって段ボールとか梱包材片付けるの面倒で」

どうせ片付けるの俺じゃん、という言葉もどうにか飲み込んで、幹太は眉間に皺《しわ》を寄せる。

とにかく、現状畳んで床に置いておくしかなかった下着類の収納場所が確保できて、ちょっと嬉しい。

「これあるだけでずいぶん部屋綺麗になると思うよー。で、どこに置く？」

「テレビの横とか？」

「なんで下着類入れるチェストをテレビの横に置く⁉」

景観がいいかなと思って、と言う柳にいいわけがないだろうと幹太は却下した。確かに家具の色合いとしては悪くはないのだが、用途を考えればそこが相応ではないのはわかるだろうに。

冗談を言っているかといえばそうでもなく、柳はきょとんとしている。

——基本的に、利便性とかそういうのじゃないんだな。……片付けられない人って、物の位置がわからない人多いんだよね。

「……下着類なら、自分の部屋か、脱衣所でしょ。柳さん、全裸でここまで来るの？」

「まあそれもありかと」

「な、し、で、す！　脱衣所か自室、どっち⁉」

「じゃあ脱衣所で……」

何故かしぶしぶという様子の柳に頭痛を覚える、
二人でチェストを脱衣所に移動させ、幹太はリビングの隅っこに積んであった衣類やタオルを全てその中に収納した。

「綺麗になった……！」

ずっと気になっていたものが消えて、幹太は達成感を覚えた。

その顔をじっと見ていた柳が、「あとは？」と訊いてくる。

「あとって？」

「他に必要な収納ってある？　幹太、前に収納家具を買ったほうがいいって言ってたじゃない？」

「え、買うの？」

「足りないなら。できれば、一緒に行って選んでくれると助かるんだけど」

金に糸目はつけないから、なにを買ってくれてもいい、と言われて、幹太は己の目がきらりと輝くのを自覚する。

「足りない、全然足りない！　書棚とクローゼット用のチェストと、棚の中に入れるための収納と……――」

あれもこれも、と言い出せばきりがないのだが、柳は途中でわかった、と頷いた。

「じゃあ、今度一緒にお店へ見に行ってくれる？　最初がそんなところもどうかと思うけど……デートしよう」

「あ……はい」

不意打ちの誘いに、つい顔を赤くしてしまった。デート、という言葉の響きにどぎまぎしてしまう。

本当は平静を装って、なにげなく頷くのが正解だった気がするのに、柳の誘いに頬が火照ってしょうがない。

ぎゃー、と心の中で悲鳴を上げながら黙り込んだ幹太に、柳は目を丸くしている。

そして、笑って幹太の頭を撫でた。

「じゃあ、今から部屋の寸法測るから手伝ってくれる？」

うん、と返した声はようやく震えずに済んだ。

二人で家具を置く場所の寸法を測り、ある程度家具の大きさの目安を付けた後、幹太は昼食作りに取り掛かった。

午前中にちょっと時間を使いすぎてしまったので、昼食は簡単におにぎりと味噌汁、ソーセージをタコの形にしたもの、卵焼き、ゆでたブロッコリーを出した。

二人で食事を終えた後、幹太はすぐに片付けに取り掛かる。今日は家事代行の日ではないので、割烹着は持参しなかったのだが、持ってくればよかったと後悔した。

「……なんか、割烹着着ないでそこに立つの、新鮮」

後ろに立った柳が言うのに、幹太も笑って同意する。

「俺も実はそう思ってた」

「ていうか、別に今日は家事しなくていいのに」

「メシ作ったのもそうだけど、恋人がやっておかしいことじゃないでしょ。それに柳さんがやってくれるなら俺もやらないけど、そうじゃないじゃん。これ次に俺が来るときまで取って置くつもりでしょ」

図星なのか、柳は無言になった。そこは「じゃあ俺が」くらい言って欲しいところだが、そういう男ならば家事代行など頼まないだろう。

「じゃあ今やったほうが面倒がなくていいもん」

綺麗な部屋のほうが、柳もいいだろう。

鼻歌交じりに皿を洗って片付けていると、急に柳が背中に伸し掛かってきた。

背後から回ってきた柳の腕が、幹太の腹を抱く。

「なんですか？　おんぶおばけ？」

食器棚がないので流し台の下に食器をしまいながら指摘するも、柳は答えない。

「もー、柳さん、重いって」

離れてください、と笑おうとした幹太の項《うなじ》に、柔らかなものが触れる気配がした。ふっと息がかかり、幹太はびくりと背筋を伸ばす。

それから、頬にちゅっと音を立ててキスされた。慌てて振り返ると、柳が頬を緩めている。

最初はクールで潔癖な人に見えた。家事代行を始めてからは、覇気《はき》がなくズボラな人なのだと気付いた。

そして、恋人代行をしてから、案外積極的な面もあるのだと発見する。

色々な面を見て、どれが本当の彼なのかと戸惑うばかりだ。でもこういうスキンシップは、嬉しい。たとえ自分が彼の好みではないと牽制されていたとしても。

「幹太、明日暇？」

茫然《ぼうぜん》としている幹太に、柳は気にせず話しかけて来る。ぎこちなく頷けば、また伸し掛かるようにして後ろから抱きしめられた。

「……じゃあ、デートしよう」

「あ、家具屋さん?」

少し前に言っていたことを思い出して口にすると、柳はそうじゃなくて、と唇を尖《とが》らせる。

「もっとちゃんとしたとこ」

ちゃんとした、と言われても、幹太は恋人とデートをしたことがないのでわからない。代行で行くところは大概相手方が決めてしまうので、自分から考えたことがないのだ。

「えー……例えば? 柳さんはどこ行きたい?」

「んっと……自然公園とか?」

横浜《よこはま》のほうに足を延ばせば、有名な風致公園がある。車を出すからそこにしようか、と提案すると柳は「行きたい!」と嬉しそうにした。

「じゃあ、俺お弁当作ろっか?」

「うん!」

ピクニックデートだ、と嬉しそうにする柳に、幹太はきゅんとしてしまう。

年上の男だというのに、なんだかリアクションが可愛い。

――三十過ぎてんのにピクニックにはしゃぐとか、なんなのこの人。可愛いじゃん……。

どうしてこの人、普段不愛想にしているのだろうと、余計なことを考えてしまう。

だが「おにぎりは鮭《さけ》と昆布がいいな」と嬉しそうにしているのを見ると、こちらも嬉しくなってしまう。張り切ってお弁当を作ろう、と幹太は明日の段取りを頭の中で構築した。


翌日の日曜日は、早朝から作ったお弁当を持って柳を車で迎えに行った。

合鍵を使って中に入ると、いつもよりもカジュアルな恰好をした柳が出迎えてくれる。

いつもぼさぼさの髪も、こうしてみれば無造作ヘアに見えないこともないもんだ、と感心しながら幹太は柳を見上げた。

無言で見つめたせいか、柳が居心地悪そうに体をもぞつかせる。

「……なに？」

「いや、そういう恰好も似合うなって」

柳は一瞬きょとんとした後、顔を真っ赤にした。そして、こほんと咳払いをして頬を撫でて来る。

だ。


「……幹太も、可愛いよ」

「へっ？」

言われてみれば、幹太もいつもより気合の入った格好をしてきたのだ。便利屋として動いているときは、とにかく動きやすさを優先した服を選んでいて、流行かどうかは二の次だ。

だが、それを柳が気にしてくれるとは思わなかった。

「……あ、りがとう、ございます」

返ってきた言葉に、自分が先に言ったことの恥ずかしさに気付かされ、幹太もつられて赤面してしまう。

「――さ、行きましょう！」

ここは気を取り直してさっさと行動すべきだ、と幹太はくるりと踵《きびす》を返した。背後から「訂正」と声がする。

「訂正って、なにが？」

振り返って訊くと、ドアの鍵を閉めながら、柳が頷く。

「幹太はいつも可愛いと思う」

生真面目なトーンで言われて、幹太は絶句した。聞かなければよかった、と後悔するがもう遅い。先程よりも、ずっと顔が熱くなった。

揶揄っているようではないからこそ、余計に恥ずかしい。ここはつっこんだら負けだと、幹太はむっと唇を引き結んだ。

二人で無言のままエレベーターに乗り込み、一階へと降りる。

「なんか車出してもらって悪いね。俺も免許は持ってるんだけど、暫《しばら》く運転してなくて」

「へーきへーき。俺、割といつも運転してるんで。どうぞ」

いつも仕事用に使っている車なので若干色気はなかったが、中は綺麗にしてある。一応「恋人」を乗せるので、昨日のうちに改めてきっちりと掃除はしておいた。

助手席に乗り込みながら、柳がきょろきょろとする。

「どうかした？」

「いや、なんか車に乗るの久し振りだなーと思って」

「そっか。普段は電車とかで充分だもんね」

幹太も、このアルバイトをしていなかったら、車など乗らなかったかもしれない。都心部では車移動より電車移動のほうが断然便利だ。

じゃあ安全運転で行くね、と言いながら幹太は車を発進させた。


車は首都高を抜け、一時間強で公園に到着した。

日曜日なのでそれなりに人は多い。だが特に買い物などもないので、公園をのんびり歩き、適当なところで昼食にした。

十一月も下旬なので、風が少し冷たい。レジャーシートも用意していたが、ベンチがあったので海を眺めながら弁当を広げる。

「ちょっと寒いかな？」

「今日天気もいいし、大丈夫だと思うけど……ちょっと待ってて」

柳はそう言いながら、自動販売機で温かいお茶を買ってきてくれた。どうぞ、と渡されたので有り難く受け取った。

柳は一口茶を口に含み、手を合わせる。

「よし。いただきます！」

「どうぞー」

柳は早速おにぎりに手を伸ばす。

お弁当はリクエストの鮭と昆布のおにぎりと、タコとカニのウインナー、からあげ、出し巻き卵、筑前煮とピーマンの煮びたし、プチトマトのマリネ、デザートにはフルーツのヨーグルト和えを用意した。

おいしい、と満足げな柳を見ながら、幹太もおにぎりに手を伸ばす。中身は昆布だ。

もう二つ目のおにぎりに手を伸ばしている柳に、つい笑ってしまう。あ、と大きな口を開けながら、柳は首を傾げた。

「いや、なんか小学生みたいなデートだなって思って」

「嫌だった？」

「ううん。こういうのいいなって思ってたとこ」

男同士だし、傍《はた》から見たら少々不思議な二人組かもしれない。

けれど、のんびりと景色を眺めて、隣では好きな人が自分の作った弁当を食べてくれて。

そういうゆったりと流れる時間がとても愛しく感じる。

「よかった」

「よかったって、なにが？」

「いい年こいてこんな計画立てんなよって思われてたらって、若干怯《おび》えてた」

真剣に呟いた柳に、幹太は思わず吹き出す。

確かに、友人にもう寒いこの時期にピクニックデートをしたと言ったら「それ楽しいの？」と言われてしまいそうな気もした。

「でも、俺は楽しいけど」

幹太の科白に、柳はほっと息を吐いていた。それほど気にしていたとは思わなかったのだ。もっと早く言えばよかったかもしれない。

「俺こういうまったり系も好きだよ。波長が合ったのかもね、俺たち」

「……そうだね、うん」

柳が頷くので、幹太は嬉しくなった。

結局その日はとことん小学生のようなデートプランで、二人でのんびり散歩した後、動物園に寄って、それから帰りは、高速に乗らずに帰った。

途中、軽い渋滞に巻き込まれて予定時間より大幅に遅れて柳の自宅に到着となったが、二人でとりとめのない会話をしていたらそれもあっという間だ。

その中で、柳の元に幹太が来るようになってから、学生が多少気安くなったのだ、という話を柳がしてきた。それは幹太と話すようになって雰囲気が緩和したことや、せっせと食べさせたお蔭で体重が増えたことも起因しているのだろうと思う、と幹太も話した。

同じクラスの女子学生が「柳先生のシャツ、最近ちゃんとアイロンかかってるよね」と言っていて、その目敏《めざと》さにも驚かされる。

学生が柳に対して好意的になるのは嬉しいが、少し面白くないのも確かだ。それを口にしたわけではなかったが、「なんか妬《や》いてるみたい」と揶揄《やゆ》されて、幹太は危うくハンドルを滑らせそうになってしまった。

妬いてないよ、そう?　などという会話は異様にくすぐったい。あくまで代行だったのに、図らずも恋人っぽい会話をしてしまったのが照れ臭かった。

「――お疲れ様。今日はありがと」

そんな道中を経て、マンションの前に車を停めると、柳があっさりとシートベルトを外した。

時間も時間だったので、このままお開きになるだろうと予想はしていた。やはりと思うのと同時に、落胆している自分を知る。

別れが名残惜しい。けれど、引き留めるのも遠慮が勝る。

どうしたらいいのかわからず、ただ無言で柳を見返していると、不意に彼が苦笑した。

「……なに？　なんで笑うの」

「そういう目で見ない」

そういう目ってどういう目、と問おうとした幹太の手を、柳が握る。

そして、不意に顔が近付いてきた。

キスされる、と思った瞬間幹太は咄嗟に目を瞑《つむ》る。数秒を置いて、頬に柔らかなものが触れた。

ゆっくりと目を開けると、柳の顔が離れていくところだった。

「おやすみ」

「おやすみなさい……」

柳は車を降り、こちらに手を振ってマンションへと戻っていく。

その背中をぼーっと見送りながら、ふと我に返って幹太は顔を押さえて身を屈《かが》めた。

「は、恥ずかしい……っ」

目を閉じた瞬間、自分は明らかに期待していた気がする。

だが、柳は唇ではなく、頬にキスをした。今までの「恋人代行」では自分からキスを回避してきたくせに、柳とでは避けようともしなかった自分が、そして結果的に柳のほうから避けられたことが恥ずかしくて身悶《みもだ》える。

――でも。

手で押さえた頬にはまだ柳の唇の感触が残っている。それだけで、嬉しい。

高鳴る胸を抱えて、呆けていると、不意に携帯電話が鳴った。メッセンジャーアプリが起動し、柳からのメッセージを表示する。

『今日はありがとう。またデートしてくれる？』

顔文字やスタンプなどはないが、素っ気なさは感じられない。

予定があっても絶対に調整する、と心に決め、幹太は瞬時に「勿論します！」と返した。

それから、柳から誘われる形で、二人は毎日顔を合わせていた。

平日は互いに授業があったりするので、夕方以降のデートとなる。

平日はそれなりに近場で、土曜日、日曜日は少し足を伸ばした。家デートに興じたのは一度きりで、結局家事の続きをしようとしてしまったからかもしれない。

普段、家事代行をしているときはそれほどでもないのだが、一度恋人モードになると柳は普段より声色や言動が甘くなる気がするし、幹太は緊張してしまっている。

まだそれほど逢瀬《おうせ》を重ねてもいないし、たどたどしく、傍から見ればじれったいくらいの健全なデートしかしていないので、余計に慣れないのかもしれない。

デート場所も動物園や水族館、遊園地、美術館と些か課外学習のような趣だったが、幹太はそれでも楽しかった。

柳も楽しんでいるようだし、最近になってやっと、手を繋ぐのが自然にできるようになったのだ。

『明日、どこか出かけない？　土曜日だし、午前中から』

そんなメッセージが入ったのは、十一月最後の金曜日の夜、柳のところで家事代行をした帰り、幹太が広之に報告書を出した直後のことだった。初デートから二週間が経過していた。

――さっき言えばよかったのに。

小さく笑いながら、幹太は画面をタップする。

『あ、どこでもいいよ。幹太の好きなとこ』

返信の途中にもう一つメッセージが送信された。

『じゃあ、家具買いに行きたい。車出すから』

どこでもいいと言われたので、ここぞとばかりに前から言おうと思っていたことを伝えてみる。一瞬の間の後、ようやく返信があった。

『……家具？』

『前に言ってたじゃん。棚一個作ったけど、まだ欲しいって。だから、買いにいきたい』

『いや、確かに言ってたけど……そういうところじゃなくて、デートスポット的な』

『大体にして、本棚が一個しかないってどうなの？　しかも明らかに小さすぎて入りきってないじゃん。なんであの大きさで足りると思ったわけ？』

柳の自室には書棚があるのだが、何故か背の低い、幅六十センチほどのものが一つ置いてあるだけなのだ。当然、入りきらず、床に積み上げる結果となっている。

柳はごみが増える、という理由で、物を買いたがらない。けれど、書籍だけは別のようで日を追うごとに増えていく。処分もしているようだが、明らかに処分量より購入量のほうが多いので、完璧に溢れかえっている状態なのだ。

言いたい放題言うと、柳は更に長い間を置いて反論してくる。

『いや、あんまり物増やしたくないから、本棚買わなかったら抑止力になるかなって』

『ならないから。十分な容量のものを買って、「これ以上は買わない」って決めたほうが抑止力になるから』

幹太が打ち込むと、柳は珍しくスタンプなどを送信してきた。血反吐を吐いているイラストだったのでつい苦笑してしまったが。

『まあでも、幹太がそう言うなら、いいよ。行こう』

『そりゃどーも。じゃあ明日十時にそっち行くね。明日の朝ご飯作って冷蔵庫入れておいたから、それ食って待ってて。柳さんもどんな家具欲しいかとか決めといてね』

さっさと明日の段取りを決めてしまうと、柳はもはや言い返す気もないのか『はーい』と返事をしてきた。

くすっと笑っていると、広之が「なにニヤニヤしてんだ」と口を開く。

「えっ……にやにやしてた？　俺」

「無自覚かよ。なんだ、彼女か。最近やけに出かけてるもんな」

「彼女なんていないよ。これは柳さん」

邪推、と笑うと、広之は何故か真顔になった。

「……おいおい。いくら友人代行って言われたからって、あんまりなんでもかんでも付き合うなよ」

やけに張りつめた声で言われ、ぎくりとしながらも、大丈夫、と頷く。

「無理なときは無理って言うよ。今んとこ無茶苦茶なスケジュールは入れてきてないし」

「……ならいいけどよ」

じっとこちらを見つめて来る広之に、幹太は居心地の悪さと後ろめたささを覚えながらも、平気だよ、と返した。


土曜日は、約束通り幹太が車を出し、郊外にある大型の家具販売店へ向かった。

直前に柳の部屋は測っていったので、それに合わせて書棚や、収納グッズを購入する。

柳はまったくもって自宅の家具に関して頓着がないらしく、「色が白か黒であればなんでもいい」とだけ言って幹太に全て委ねてくれた。

「ちなみに、予算っていくらくらい……」

「別にいくらでもいいよ。幹太が必要だと思うぶんだけ買って」

「……そういうこと言うと、マジで買っちゃうよ？」

書棚の購入を主な目的としてやってきたが、箪笥《たんす》も買うことにしたし、その他収納家具や収納グッズも、実際に店舗に来てみると揃えたくなってしまったのだ。

柳は顎に指をあて、うーん、と考えるしぐさをする。

「……じゃあ上限百万までで」

「百⁉」

意匠をこらしたこだわりの家具というならともかく、幹太が今回足を運んだのは安さと造りの良さが売りのチェーン店だ。上限百万で家具を揃えていい、なんていうのはほぼ「なにを買っても構わない」と言われたも同然だ。

よほど目をらんらんと輝かせていたらしく、柳がふっと吹き出す。

「今まで見た中で一番嬉しそうなんだけど」

「だって、なに買ってもいいなんてそんな……！」

興奮が抑えきれないではないか。

金を溜めるのは好きだが、当然使うのも好きだ。諸々の事情で自分に投資できる金は少ないので、人の金で買い物をしていいという条件下に置かれれば、テンションが上がる。

勿論本当に百万円全てを使い切るつもりはないが、それでも気兼ねなく買えるのは嬉しい。どこから手をつけよう、とわくわくしていると、柳が意外そうな顔をした。

「俺んちの家具なのに」

「なに言ってんの⁉　人の金で買い物気分って最高じゃないかっ」

「あ、はい」

幹太の勢いがよすぎる返答に、柳は若干引き気味になる。

基本的には仕事ということもあるのだが、幹太は家具や収納グッズ、掃除用具などを見るのが好きだ。DIYも好きなので、ホームセンターなら一日中いても飽きないとすら思っている。

幹太の場合、節約のために本当に物が少なく、自室は百円ショップで買ったスチール製のラック一つで全て済ませていた。叔父の事務所に多少私物を置いていたりもするが、それだって然程多くはない。

それを、金に糸目を付けなくてもいいだなんて、なんの僥倖《ぎょうこう》か。

こういうあたり、自分はやはり金が好きなのだと自覚しつつ、我知らず熱く語ってしまいそうになる。

「……喜んでもらえて嬉しい、って言っていいのかな。回り回って俺が使うだけなんだけど」

「全然おっけーですとも！　柳さん大好き！」

「……おっと」

そうと決まれば、と幹太は書棚のコーナーへ柳を連れて向かった。

今ある家具や、フローリングの色などに鑑《かんが》みて、黒系のものを選んでいく。本当にいいんですか、勝手に選んじゃいますよ、と言いながら、柳の部屋やリビングなどに置くのにぴったりのサイズのもの、そして人の目に触れる場所に置くものはある程度デザイン性のあるものを選んだ。

お手頃価格とはいえ、自分のためには絶対に買えない書棚を勧めると、柳は見もせずに「それでいいよ」と返すなど、相変わらずやる気がない。

しかも早々に飽きたらしく、なんの意見を求めても「じゃあそれでいい」と適当に終わらせようとするので、幹太は少し不満だ。

本当に好き勝手買っちゃいますよと断りを入れて、幹太は吟味《ぎんみ》しながら次々と購入品にチェックを入れていった。飽きた、フードコート行きたい、と言いながらも、柳はちゃんと後ろについて回る。

サイズも見た目もばっちりな商品を購入すべく店員を探していると、傍《かたわ》らにいた柳が幹太の腕を引いた。

「なんですか？　なにか自分でも欲しいものありました？」

好き勝手選びすぎたかと反省しながら訊けば、柳は「棚とかじゃないけど」と言いながら、ある家具に指をさす。

「これ欲しい」

柳の人差し指が向かっていたのは、寝具のコーナーだ。

柳は幹太の腕を引き、展示してあるベッドに腰をかけた。スプリングを確かめるように体を揺らし、マットレスを手で擦る。

「これ、どう思う？」

「どうって……でかすぎない？」

柳が座っているのは、ダブルベッドよりももっと大きな、クイーンサイズのベッドだ。書棚や収納家具を購入するので、またある程度部屋が片付くわけだし、今よりはスペースを確保できるだろうが、大きすぎる気がしてならない。

だが幹太の思いとは対照的に、柳は「丁度いいだろ？」と言いながらマットレスを押した。

「丁度よくないでしょ。こんなに大きいの、どうするんです？　せめてセミダブルとかダブルとか」

「でも二人で寝るなら、ダブルよりもクイーンのほうが広くていいと思う」

「――」

その「二人」の片割れは、幹太のことだろうか。

期待するように跳ねた心臓に苦笑して、幹太は胸元を押さえた。

――ていうか、キスもまともにしてないのに、考え飛躍させ過ぎだから！

欲求不満なのか、と勝手に火照った頬を軽く抑える。

柳は身長もあるし、幹太が部屋を掃除したので広々としたベッドで寝たくなったのかもしれない。今まで、一人暮らしでダブルベッドやクイーンサイズのベッドを使っていた人物を何人も見てきただろう、と冷静になる。

「クイーンじゃなくてキングでもいいけど」

柳の科白に、幹太は我に返る。

「や、ちょっと待って柳さん。流石にキングは無理でしょ。キングって横幅二メートル近くあるんだよ？　ベッド二つ分って考えて。柳さんの部屋、今ベッド置いてあるあの部屋ね、六畳くらいじゃなかった？」

幹太のつっこみに、柳は眉根を寄せた。

「じゃありビングの隣の部屋に置けばよくない？　あそこなら置けるでしょ」

「いや、あそこだって八畳くらいで……ベッドだけ置く部屋みたいになるよ？」

「うん、じゃああそこベッドルーム的なものにするからいいよ。それで、やっぱクイーンのほうにしよう」

それでもでかい、と呈した幹太の苦言を聞きもせず、柳は「これください」と通りかかった店員にオーダーし始めた。幹太はそれを慌てて止める。

「ちょっと待った！　今のベッドを処分する目処も立たないうちにこんなでかいもん送ったらえらいことになる！」

粗大ゴミの集荷は、行政に依頼するとすぐには回収してもらえない。おおよそ二週間ほど時間を見る必要がある、と言えば、柳は頷いた。

「うん、いいんだ。あっちはそのままあの部屋に置いておくつもりだから。こっちはそれとは別に、もう一個の部屋のほうに置くからいいんだって」

処分したほうがいいならするけど、とあっけらかんと答えた柳に、幹太はどう返したものかと呆気《あっけ》にとられた。ベッドを二つも置いてどうするのか。

人が頻繁《ひんぱん》に泊まるような家ならいいだろうが、柳はあまりそういう人付き合いはしていない気がする。幹太が通うようになってからも、来客があった気配はない。

言い合いをする二人に、店員がどういたしますか、と控えめに申し出た。柳は幹太が止める間もなく、すぐ送ってくださいと答えてしまう。

だが幸か不幸か、申し訳ありません、と店員が頭を下げた。

「こちらマットレスのほうが取り寄せになりまして……三週間くらいお時間頂いてしまいますが、よろしいですか?」

「あ、そうですか。じゃあそれでいいです。お願いします」

かしこまりました、と店員は笑顔で答えて引換券を渡した。

「もー！　信じらんねえ、柳さん。あんなの即決で買う⁉」

車から降りるなりそう文句を言うと、柳は車に積んでいた収納グッズを下ろしながらむっとした。

「……幹太だって家具ばんばん買ってたじゃないか」

「だって俺のはある程度計画的だったじゃん。サイズも測ったし、必要な分しか買わなかったもん」

確かに大枚をはたかせてしまったが、それでも必要最低限のものに抑えた。

だが柳のベッドは完全な衝動買いだったじゃないかと幹太は口にする。

「なんでそういうのは思い切りがいいの、柳さん」

「……さあ。そういう性分なんだろうね多分」

――あ、ちょっと怒っちゃったかな。

柳は口にはしないが、いささか不満げな様子だ。

口が過ぎた、と反省したが遅く、柳は幹太のほうに一瞥もくれないまま、荷物を抱えて先に行ってしまう。臍《へそ》曲げるなよ、と思いながらも、幹太も残された軽い荷物だけを持って後を追った。

部屋の中に入ってもまだ柳はこちらを向いてくれなくて、幹太は次第に焦り出す。

「柳さん」

「買ってきたやつ、俺じゃ出来ないからいいようにしといて」

話しかけるのを阻むように言われ、幹太は途方に暮れる。

——……やばい。本気で怒らせたのかな……。

ご機嫌を取るべきかどうしようか迷ったが、取り敢えず荷物を解かない限りこのまま置いておかれるだけだろうと、先にそちらから片付けることにした。柳はリビングのソファに腰を下ろして、携帯電話を弄《いじ》っている。

——そんなに怒ることないじゃん。だって、ベッドなんてあんなにぽんと買うもんじゃないのはほんとだし……。

そう心の中で反駁しつつも、強がりがあまりもたない。沈黙が続けば続くほど罪悪感は大きくなって、先に音《ね》を上げたのは幹太のほうだった。

荷物を解き、梱包資材を片付けて、幹太は柳の元へのろのろと歩み寄る。

「……ごめんなさい。言い過ぎた」

しゅんと萎れながら幹太が言うと、柳はちらりとこちらを見上げた。

だがすぐに携帯電話に視線を戻してしまい、幹太は慌ててソファの前に膝をつく。視線を近付けて、もう一度「ごめん」と口にした。

無視しないでよ、と頼りなく呟いてから、柳の手が震えていることに気が付いた。

「……ん？」

よくよく見れば、柳の口元がぷるぷると震えている。笑いを堪えているような表情に、揶揄われているのだとようやく気付いた。怒っていなかったという安堵と、人の悪い対応に幹太は赤面する。

「――柳さん！」

「ごめん、だって幹太可愛いんだもん」

「嬉しくない！」

馬鹿、と言いながらクッションを投げつければ、柳はごめんと言いながら抱きしめてきた。

柳の顔が至近距離にまで接近してくる。

「柳さ……」

後頭部に手が回り、優しく、けれど強引に引き寄せられる。

「っ、え……？」

抗《あらが》う間もなく、柳に唇を塞《ふさ》がれた。

「――っ」

生まれて初めての唇へのキスに、幹太は硬直する。頭に触れていた柳の手は、幹太の髪を撫で、項に降りていった。

「んん、ん」

軽くパニックを起こして、幹太の体は無意識に逃げを打ち、仰《の》け反《ぞ》る。柳は慣れた様子で唇を追いかけてきて、幹太を押さえ込んだ。

泣き声とも喘《あえ》ぎ声ともつかない吐息が漏《も》れる。息の仕方もわからなくて、幹太は柳の腕に縋った。

「っは、……っ」

唇の僅《わず》かな間隙で呼吸をしたがすぐに塞がれる。口の中に柳の舌が入ってきて、幹太は「あぅ」と情けない声を漏らしてしまった。

キスは徐々に深くなる。

最初は戯《たわむ》れのようだったそれは、しているうちに本気になっていたのか、ただのキスと呼ぶには官能的になりすぎていた。

今まで、手を繋ぐことしかしてこなかった柳の豹変《ひょうへん》ぶりに、翻弄《ほんろう》される。

「あ、う、あ」

角度を変えられる度に、上ずった声が零《こぼ》れてしまう。舐《な》められる音と、お互いの荒い呼吸が部屋中に反響しているようで恥ずかしくてたまらなかった。

ようやく唇が離れた頃、気がつけば幹太は柳の胸に抱き寄せられていた。いつの間にか潤んでいた目元を、優しく指でなぞられる。

柳は幹太の頬にキスをして、ソファから立ち上がった。腕を引っ張られ、柳の部屋へと連れて行かれる。

流石に、この意図がわからないほど幼いつもりもない。ドアが閉められると、とんでもない緊張感と不安に襲われ、膝が震えた。

自分はうまく、できるだろうか。相手を興ざめさせないだろうか。

「……まだ、明るいのに」

沈黙に耐え切れずそう言うと、柳が笑った。

「休みなんだから、いつしてもいいんじゃないかな」

それはもっともだが、経験のない幹太にとって、明るいうちに全裸を見られるというのは抵抗があった。

友達同士で温泉などに入るのとはわけが違う。ただ裸になるだけではないのだ。

まごついている幹太をよそに、柳はベッドに腰を下ろした。じっと見上げられて、幹太は激しく動揺する。

——えっと、こういうときってどうすればいいんだ？　ここで脱ぐの？　それともベッドの上で脱ぐの？　ベッドの上って、蒲団《ふとん》の中でなのか外でなのか……。

ぐるぐると悩む幹太の手を、柳が握った。

「夜まで待てない。……駄目かな？」

言いながら幹太の手を引き、柳はベッドの上に座るよう誘導する。

がちがちになりながらベッドに腰を下ろすと、今までにないくらいに鼓動が乱れた。耳に大きく響いている心臓の音が、柳に聞こえてはいまいかと心配になり、息が震える。

まるでそれを暴くように、柳の手が胸に触れた。

「脱がせても、いい？」

「……ん」

唇を噛み、幹太は頷く。作法などよくわからないので、柳の言うことには逆らわないことにする。

ただ、胸元に触れられて、心臓が張り裂けんばかりになっていることを気付かれるのが怖かった。

柳は幹太のパーカーを脱がせ、中に着ていた長袖のTシャツも剝いだ。肌が粟立《あわだ》つのは外気に晒《さら》されたからだけではないだろう。

筋肉の殆どついていないつるりとした体型を、柳の眼前に出すのがやはり恥ずかしくなって、手がジーンズのボタンにかかろうとしたときに、幹太は耐えられずに押しとどめた。

「あとは自分でやる。柳さんも脱いで」

「……え、でも脱がせてもいいって言ったじゃない」

「言ったけど、こっから先は自分で脱ぐ方が早いもん。お、女の人の服と違って脱がせにくいじゃん？」

幹太がしどろもどろになって言い訳をすると、柳はぎゅっと眉を寄せた。

「……そうだね」

非常に不満げにではあったが納得してくれたようでほっとする。

柳がシャツを脱いでいるうちに裸になり、幹太は彼の目に触れないようにと急いで蒲団の中にもぐりこんだ。

いつもならば脱ぎ散らかしたりなど絶対にしないが、今は全裸を見られないことのほうが先決だった。

柳はそういうわけではないのだろうが、ぽいぽいと脱ぎ捨てていく。

――わ……。

眼前にある柳の背中に、うっすらと筋肉が付いているのが目視できる。

幹太が仕事を始めた頃はガリガリだったはずの柳の体は、いまや随分とバランスのいい体型になっていた。思わず筋肉の溝を指でなぞると「ひゃいっ」と変な声を出して柳が背筋を伸ばした。

「な、なに？」

振り返ってくれたおかげで、腹筋も見られる。柳は細身だが幹太とは違い、筋肉はしっかりと付いていて、腹も割れていた。

凝視していると、視線の意味を察したらしい柳は嬉しげに笑う。

「幹太に料理を作ってもらうようになってから、なんかやけに筋肉が付いて」

「なるほど……」

見直した食生活と、変わらぬ運動量のせいで、柳の体はきっちりと出来上がっていた。

「じゃあ、俺が育てたみたいなもんですね」

そんな冗談を言ってみれば、柳はぱっと目元を染めた。

眼前の均整の取れた肉体を作り上げる一端を担ったのは自分だと思うと誇らしかったが、却って己の貧相な体が恥ずかしくなる。

もぞ、と蒲団の中に更に深く入ると、柳は目を細めた。

そして、ベッド脇のチェストから、ローションのボトルと避妊具を取り出す。生々しい現状を思い出して、幹太は及び腰になった。

けれどそんな戸惑いには気が付いていないのか、柳は勢いよく蒲団を剝ぐ。

「……っ」

「じゃあ、足開いて」

しかも、柳はまだ下を脱いでいない。狡い、と責めていいものかどうか、未経験の自分にはわからない。それとも序盤から全裸になってしまった自分の作法が違うのか。

全身が火照るのを自覚しながら、幹太は震えつつ言われた通りに足を開いた。ローションで濡《ぬ》れた掌が、足の間の、更にその奥に触れる。

女性ではないのでそこでしか受け入れる場所がないのはわかっていたが、柳にそこを触られるなどまったく想像していなかったので、幹太はつい息を飲んでしまった。

「大丈夫。いきなり入れたりしないよ」

「う、うん」

濡れた指が、硬く閉じた場所をマッサージするようにくるくると撫でる。襞《ひだ》を一筋ずつ確認するような動きにひどい羞恥を覚えて、幹太は唇を噛んで身を震わせた。

「っ……」

つぷんと音を立てて、指が中に入ってくる。柳はローションを足しながら、辛抱強くその場所を拓《ひら》いていった。

「幹太」

「……んっ」

指で中を弄りながら、柳は幹太の唇をキスで塞いだ。今度はすぐに、柳の舌が口腔《こうこう》へと入り込んでくる。

ただでさえ呼吸が乱れていたのに、口の中を舐められて困惑し、幹太の息は益々荒くなった。まるで泣いているような、情けない声が漏れる。動悸《どうき》、息切れに加え、どう対応すればいいのかわからず、幹太はされるがままに翻弄された。

くちゅくちゅと漏れる音が、重なった唇から出ている音なのか、それともあらぬ場所を弄られているものなのか、熱に浮かされた頭では判断ができない。ただ、どちらにしても恥ずかしいのは変わりがなくて、幹太は涙声で喘いだ。

長い時間かけて上も下もぐちゃぐちゃにされた後、ようやく解放された。そして身を起こした柳が、ヘッドボードに手を伸ばす。

なにかと視線を向ければ、先程取り出した避妊具を手に取っていた。柳はそれを器用に片手で着けて、もう一つを幹太に渡す。

「え……と」

「一応、幹太も着けて。汚れるから」

セックスをするということは、男性の場合は当然射精を伴うわけで、恐らく受け身に回るであろう自分も着けないと、シーツなどを汚してしまう。

なるほど、と納得したが、思わぬ事態に青褪《ざ》めた。

——えっと、これどうやって着けるんだっけ……。

身を起こし、掌の上のものを凝視する。

中高生の頃に保健体育の授業で習った覚えはあるのだ。だが、いまいち自信がない。もらうなり早速試す友人もいたが、当時の幹太は特にそれに用も興味もなかったので、そのままゴミ箱に捨ててしまった。

まさか説明書きを熟読するわけにもいかずに固まっていると、柳はなにを誤解したのか「俺に入れろとは言わないよ」とどうでもいいフォローを入れた。

——もたついたら、未経験だってバレる……絶対。

冷や汗をかきながらとりあえず開封してみると、柳の手がそこに重なる。え、と顔を上げると、やけに真顔の柳が言いにくそうに口を開いた。

「……俺がしてもいい？」

「え、あ、はい」

頷くと、すぐに柳の手が伸びて来た。

「ちょっと足開いて」

「うん……」

おずおずと隙間を開けたが、「見えない」と言われ、膝を摑まれて大きくぱかっと開脚させられた。

「っ……」

恥ずかしくて、幹太は目を強く瞑る。ぬるぬるとした手で愛撫《あいぶ》され、半起ち状態だった己のものがあっという間に固くなるのがわかった。

柳にされているということ自体と、物慣れぬ体のせいで、すぐさま臨戦態勢になったのが恥ずかしくて死にそうだ。

そこに、開封した避妊具があてがわれる。くるくると被せられたそれの感触は、初めての体験だからか、なんだか妙な違和感があった。

ぴっちりと根本まで避妊具が嵌《は》められた自分のものをしげしげと眺めていると、柳がくすっと笑う。

「俺のだから、ちょっと、幹太のサイズとは合わなかったね」

初めてなので合っているのか合っていないのかは自分ではわからなかったが、どうもこれは幹太のものより大きなサイズらしい。

一瞬の間をおいて言われた意味に気付き、顔が熱くなる。

「っ……さ、最低……っ」

揶揄われて、既に限界だった幹太は目に涙を滲ませた。

柳は自分のサイズのほうが大きいのがよほど嬉しいのか知らないが、身を屈め、上機嫌で幹太の頬にキスをする。

「ごめんごめん。……幹太のサイズ、買っておくから」

「どーもありがとうございますっ」

馬鹿にして、と歯噛みすると、柳はやはり嬉しそうに笑った。

当たり前のように返してしまったが、幹太の分も買うということは、この先もこういうことをする、ということだ。そんなことに気付いて、ますます羞恥を覚える。

「じゃあそろそろ、いい？」

柳は幹太の腰を抱え直し、すっかりと綻《ほころ》んだ場所に熱をあてがった。待って、と言う暇もなく、大きなものが中に入ってくる。

「っ……」

痛くはないが、息苦しいほどの圧迫感に幹太は身を強張らせる。

無意識に逃げた腰を掴み、柳が奥へと入ってくるのがわかった。抵抗するつもりはなかったのに、下腹部が引き攣《つ》れるような感覚に狼狽し、体が逃げる。

――わ……うわ、なんか、怖い……！

困惑し、シーツを乱す手を、上から押さえつけられる。

身動きが取れなくなって戦《おのの》いたものの、柳は無理矢理押し進めようとはしなかった。上体を屈めて、幹太の耳元や首筋、鎖骨のあたりに宥めるようなキスを落としてくる。

「ん、ん」

今しがたまであれだけ怯んでいたのに、じゃれるようなキスの雨に緊張が徐々に解けていくのがわかった。

強張った幹太の肢体が解けるのを待って、柳はローションを足しながら浅い場所で抜き差しを繰り返す。

「ん、んっ……ぁ」

異物を拒もうと固く強張っていた箇所も、最初よりもスムーズに柳のものを受け入れ始めていた。

「う、あっ」

不意に繋がった部分を指で擦られて、幹太は甲高い声を上げてしまう。柳の手は幹太の尻を撫でながら太腿《ふともも》へと移動した。

そして、勢いを付けて一気に奥まで押し込まれる。

肌と肌がぶつかる音とともに、幹太は軽く仰け反った。唐突に飲み込まされた熱に、眩暈がする。

幹太の足を抱え直した柳は、幹太の名前を呼びながら腰を打ちつけてきた。

「！　あっ、あ！」

二人の体を乗せたベッドがぎし、ぎし、と音を立てる。その音がやけに大きく耳に響いて、激しくされているような気がして怖くなる。

「……んぅ……うっ」

充分準備をしてもらったはずなのに、抜き差しをされる度に下腹が鈍痛を訴える。

まったく気持ちがよくないわけではないが、やはり慣れない体にはきつくて痛みのほうが勝るのかもしれない。零れる声が苦痛に聞こえないように、幹太は声を殺そうと必死になった。

「幹太……きつい？」

問われて、幹太は必死に首を振る。だが柳は苦笑して、腰を止めた。

はあはあと胸を喘がせながら、幹太は泣きたくなった。

「なんで、平気……っ、あ！」

すっかり元気がなくなっていたものを掴まれ、声を上げてしまう。くびれた部分の裏側をくりくりと捏《こ》ねられて、反射的に足を閉じた。

「やっ、……そこやだ、いい、ってば……っ」

「先に出したほうが、幹太も楽しめると思うから」

体はまだ苦しいはずなのに、避妊具の上から自分のものを擦られて、幹太のものはすぐに固くなった。慣れた快楽と、繋がった部分から与えられる鈍痛と快感が綯《な》い交ぜになったような感覚に、幹太は困惑する。

「やめ……、あ、待って、待っ……」

自分のものよりも大きくて武骨な手は、器用に愛撫を施す。自分でも処理しきれぬ触覚に狼狽しながら、幹太は数度扱《しご》かれて達した。

「あ……っ？」

中に入っているものを締め付けながら、腰ががくがく震える。

さっきよりも繋がる部分がきついのに、自分のものが断続的に快感の兆《きざ》しを吐き出す気配に、幹太は身悶えた。

「幹太……！」

「待……っ、あぁ……っ！」

柳は幹太のものを擦ったまま、強く腰を打ち付けてくる。

「やだ、や、……ぅうー……っ」

極めたばかりで敏感になっている体は、時間が過ぎるほどに柳の与える刺激に弱くなっている。もう避妊具の中に射精したはずなのに、扱かれ続けて体を抉られ、いつまでも引き伸ばされる快楽に瞠目した。

――なに、これ……っ、なにこれ……っ！

自分の体が自分のものではないみたいに感じてしまう。あれだけ苦しくてたまらなかったのに、腰を打ち付けられると明らかに先程までとは違う、色めいた声が自分の口から零れた。ひっきりなしに零れる嬌声《きょうせい》を恥じて、幹太は抱き寄せた枕を噛む。

「んん……っ、んー……っ」

布に歯を立て、体の中で暴れるように渦巻く快感の波をやり過ごす。

怖いばかりだったベッドの軋《きし》む音も、汗ばんだ掌も、興奮の材料へすり替わった。

「待っ、もう弄っちゃ、やだ……っ、や、あ、あぁ……っ！」

甲高い嬌声を上げて、幹太は二度目の絶頂を迎える。

「……幹太……っ」

がくがくと揺れる幹太の腰を押さえつけて、柳は深く突き立ててきた。

「……っ」

避妊具を通して、柳が熱を吐き出した感触が伝わってくる。何度も体を打ち付けながら、柳は幹太に唇を重ねた。体を縛り付けるように強く抱擁《ほうよう》しながらキスをされ、幹太は自然と目を閉じ、彼の首に腕を回してしがみつく。

柳は息が整うまで幹太の口腔を愛撫した後、やっと幹太の中から出て行った。

「う、く……っ」

引き抜かれた感触にすら感じてしまい、幹太は泣きそうな声を上げてしまう。

——ちゃんと、できた……。

しかも、信じられないくらいに感じてしまった。一人でやるのとは違う、未知の快楽に翻弄された。まだ、腰に余韻が残っていて、幹太は赤面する。

身動ぎするだけで、まだ淡い快感が響くのだ。

荒い息を吐いている幹太をよそに、柳は早々に背中を向け、避妊具の始末をしていた。

それがゴミ箱の中へと簡単に放られるのを見て、熱い体とは裏腹に頭が急速に冷えていく。

たったそれだけのことに、遠い隔《へだ》たりを感じる自分は、どこかおかしい気がした。

それが何故だか自分でもわからなくて、好きな男に初めて抱かれた後だというのに、ひどい虚脱感に見舞われる。

柳が振り返り、汗で額に貼り付いた幹太の前髪を優しく払う。その指と柳の柔らかな視線が心地よくて、幹太はほっと息を吐いた。

「……あのさ」

「ん……？」

思ったより声も掠《かす》れている。軽く唾を飲み込みながら見上げると、柳は幹太の髪を撫でながら、冷水を浴びせるような一言を落とした。

「恋人代行、って……今月、これで何回目だったっけ」

え、と声を上げなかった自分を褒めてやりたい。

柳の科白に、指先が震え、心臓が嫌な具合に鼓動を速める。自分が今、どんな顔をしているか、自信がない。

——……そうだ。

忘れていた。自分は「恋人」ではない。「恋人代行」なのだ。

彼と自分を繋ぐのは、恋情や愛情ではない。——金だ。

月末なので、締日が近い。当然ながら、日数を数えて、柳に代金をもらわなければならなかった。

柳の一言で、我に返った。どうして、付き合っている気になっていたのだろう。自分はいつから「代行」ということを忘れてしまっていたのだろう。

たった今まで熱を孕《はら》んでいた体が、急速に冷えた。

抱き合ったのは、彼と打ち解けた結果の行為では、なかったのだ。幹太は、柳に愛されたわけではない。

少し考えればわかることだったはずなのに、と苦々しい気持ちを抱えながらシーツを掴み、身を起こす。顔を俯《うつむ》けたら、自然と息が零れた。

顔を上げるときには、全てを隠して営業用の顔にしなければいけない。いつもならば問題なく作れるそれを、今は貼り付けるだけで辛かった。

「……正確な回数はちょっとわからないので、調べますね。今日、清算しますか？」

「え？　ああ、いや、大丈夫」

柳は指をそわそわと落ち着きなく動かす。

「あのさ、幹太。……なんか勢いづいてこうなっちゃったんだけど」

勢い、という文言に幹太はまた小さく傷つく。自分も流されてしまったので、確かに勢い任せだったような気がしてきた。

「幹太がよかったら、その、またしたいんだけど」

柳からの申し出に、体が竦《すく》む。気が付いたら息を止めてしまっていて、幹太は気付かれぬようゆっくりと震える息を吐いた。

一度きりとはならないのが当然だろう。それが、恋愛関係の延長だったら歓迎だったが――。

「これからは、ちゃんと恋人代行とし――」

「わかりました。いいですよ」

これ以上聞いていたくなくて、柳の言葉を遮るように、幹太は返事をした。柳が、ほっと息を吐いた気配がして、胸が締め付けられる。

柳もまた、幹太が本気に捉えてしまったら困ると感じていたのかもしれない。惨めな気分だ。

「本当？　いいの？」

「恋人代行ですし、これからはちゃんと、こういうのも入れていきましょう。……あの、でも後出しで申し訳ないですけど、最後までしたときはオプション料金付くのでそこはご了承くださいね」

幹太の科白に、柳は一瞬目を丸くした。そんな話は事前にしていなかったので当然だろう。虚をつかれたような柳の表情に、苦い気持ちが湧いてくる。

「――別料金で五万です」

畳みかけるように提示した料金は、咄嗟の思いつきだった。

幹太の体に一回五万円は暴利だ、と思われたら二度とお呼びがかからなくなる。そのほうがずっとマシだ。そう思っての提示だった。

まけませんよ、と念を押してみせるのは、少しでも守銭奴らしさを演出できるかと思ったからだ。

それなのに、束の間落ちた沈黙を破り、柳が頷く。

「……わかった。本番有りで八千円じゃ、いくらなんでも安すぎるもんね」

あっさりと受け入れた柳に、更に心が傷付くのを自覚した。

今の科白を聞く直前まで、「冗談だよ」と柳が言うのを期待していたのだ。

それか、いっそ「じゃあもういいや」と言われるのを予想していた。その方が、自分にとっては有り難かった。

愚かな望みを持っていた自分がおかしくて笑いだしそうになったが、営業用の顔は無意識に貼り付く。

「まあ、妥当な金額……かな」

マジかよ、と言いそうになって咄嗟に飲み込んだ。相場など知らないので、軽く眩暈がしてくる。

幹太は呼吸を整え、よろよろと身を起こした。すっかり萎えたものを包む避妊具を外して、柳と同じようにゴミ箱へ捨てる。

「痛……」

股関節や、今まであまり使っていなかったらしい筋肉が、思い出したように痛み始めた。柳を受け入れていた場所には、まだ、なにか入っているような感覚が残っている。なんだか、腹も痛くなってきた気がした。

下肢を濡らすローションがぬるぬるとしていてひどく不快で、眉を寄せる。

自分の「初めて」が好きな人と経験できたのだから、幸いなはずなのに。体はまだ熱を孕んでいるのに芯から冷えていくようで、その温度差に泣きたくなった。

――早くシャワー浴びたい。早く、帰りたい。

ベッドを降りようとすると、柳に腕を掴まれた。

「――どこ行くの」

「どこって……帰ります」

幹太の返答に、柳は形のいい眉を寄せる。そういえば、眼鏡をかけていない柳の顔を見るのは殆ど初めてで、なんだか新鮮だった。

「泊まっていきなよ」

「泊まってって言ったって……どこにですか」

幹太は柳の家のことならなんでも把握している。客用の蒲団などないのに、と指摘すれば、柳はベッドがあると主張した。

ベッドというのは、勿論ついさっきまで致していたこの場所のことだ。

男二人でシングルベッドで寝るというのは、幹太が小柄とはいえ少々辛い。それに二人の体重は耐荷重を超えていなかったかもしれないが、最中にはずっと大きな軋んだ音を立てていた。

「ベッドって……ここじゃ二人寝るのきついですよ」

「うーん……それもそっか。——じゃあ、お疲れ様」

「……はい」

柳があっさりと引いたことに内心落胆しながら、幹太は腰を上げる。

脱ぎ散らかした衣服を身に着け、痛む腰を押さえながら鞄を掴んだ。

「じゃあ、失礼します」

ぺこりと頭を下げ、幹太はドアを開いて玄関へ向かう。

「幹太」

のろのろと靴に足を入れていると、時間差で追って来た柳に腕を引かれた。ジーンズだけを穿《は》いた柳は、玄関先で軽く触れるだけのキスをしかけてくる。最中の激しさとはまったく違うそれは、「恋人」として、別れ際のキスということなのだろう。

今までだったら馬鹿みたいに単純に喜んだかもしれない。けれど、今日はひどく苦く感じる。

唇を離して見上げると、柳は微笑んで封筒を差し出してきた。

「五万、って言ったよね？　ちゃんと入ってるから、中確認してみて」

「え……」

多少へこんでいた、という程度から、唐突に地獄に突き落とされたような気分になって硬直する。

――なにも今、こんなタイミングで渡してこなくたって……。

あくまで、自分と柳は金と契約で繋がった関係なのだということを、束の間でいいから忘れていたかったのかもしれない。

それは悪いことだったのだろうか。――きっと、そうなのだろう。現実を知れ、と己を諌《いさ》める声が頭に響く。横っ面を叩かれた気分で、頭がぐらぐらした。

「幹太？」

早く受け取らなければならない。

頭ではわかっているのに、どうしても手が出せない。

固まる幹太の手を取り、柳はその手に紙幣《しへい》の入った封筒を握らせた。顔を覗き込まれて、頬が強張る。泣きたくてたまらなかったが、柳にそれを知られてはいけないと、必死に堪える。

「先輩には言わないでおくから。ほら、早く」

念を押すように言われて、泣きたい気分になった。広之には、言えない。言えるわけがなかった。

強い悔恨に、息が詰まる。自分がしたのは、ただの売春だ。それ以外のなにものでもない。

悪いのは柳ではない。それをよしとしたのは幹太だ。

抱かれる直前も、抱かれている最中も、ずっと、ただ柳のことが好きで受け入れた。だが、柳は違った。最初からそうだったのに、勝手に勘違いしたのは幹太だ。

自分で選んだはずなのに、一時手に入れた熱と幸福はただのまやかしで、時間が経てば経つほど、想像以上に辛く苦い現実に打ちのめされた。

なんて馬鹿な条件を飲んだのかと、今更後悔してももう遅い。気が付けば、幹太は俯いていた。柳を直視できなくて、恥ずかしくて、顔を上げられない。

「……や、あの。後ででいいです。今日は」

「なんで？　こういうのはさ、申告しなきゃばれないと思うんだ。全部幹太の取り分にしちゃいなよ」

守銭奴だ、なんて嘯《うそぶ》いた言葉が、今になって自分に突き刺さる。柳は幹太のために、月末にまとめての支払いではなく、こうして都度払おうとしてくれているのだろう。

そして、プロなのだから私情を挟むなと、柳からやんわりと釘を刺されたような気がした。

考えすぎかもしれないが、傷付くことも、本気になることも、客の前で見せるなと柳は言っているのかもしれない。

「なんで、でも。今日はいい、いらない」

震える声でそう言って、幹太は封筒を押し返した。

「幹太……？」

怪訝な響きを持つ声に、ぎくりとする。

柳はきっと、これを受け取らないと安心できないのかもしれない。なんとか平静を装おうとしていたけれど、幹太の様子がおかしいことは伝わってしまっているのだ。

幹太が本気だとわかったら、柳はきっと離れてしまう。だが寝た後にすぐに金を受け取るのは、惨めだ。

気が付いたら、幹太は笑っていた。それは殆ど無意識で、形状を記憶したように、顔に笑顔が貼り付く。守銭奴らしい、と幹太はそんな自分に安堵すらしていた。

そして幹太は顔を上げ、柳の手から金を受け取る。

「なんか、すいません。ありがとうございます。またよろしくお願いしますね！」

自然と、明るい声が出た。自分でもわかるくらい、いつもと変わらぬリアクションだった。

柳は、口を噤んだまま幹太の顔を見つめる。そして、幹太の手の中の封筒と、幹太の顔を交互に見てから、視線を逸らした。

「……また次もよろしく」

次、という言葉に、幹太の中に相反する気持ちが拮抗する。また会えるのは嬉しい。けれど、「代行」として抱かれるのは辛すぎた。

柳は、幹太の返事を聞く前に自室にさっさと戻ってしまう。背を向けられた悲しさと、音を立てて閉められたドアに、強い隔たりを感じた。

「……じゃあ、失礼します。おやすみなさい」

無人の廊下にお辞儀をして、幹太はいつものように柳の部屋を出た。

エレベーターに乗り、ボタンを押す。ぼんやりと、階数の表示を眺め、マンションの駐車スペースに停めていた車に乗り込んだ。そして、自然と溜息が零れる。

――俺は、平気。

だって、守銭奴だから。金にならないことはしない。

金を貯めて、自分の力で大学を出て、生きていくと決めた。だから叔父の世話になったのだ。

心の中で、何度も何度も自分のポリシーを繰り返す。

だから、自分は平気だ。だから、傷付くはずがない。あくまでビジネスライクな関係で、契約が一つ終われば次の契約に移る。仕事の内容が違っても、いつも繰り返してきたことなのだ。今までもそうしてきたし、これからもきっとそうする。

そう自分に言い聞かせ、問題ないと暗示をかける。

——だから、平気。金さえもらえれば、問題ない。柳さんは上客。抱かれるだけで五万ももらえて、好きな人と過ごせて、いいことずくめ。なんの問題がある？

受け取った封筒は、強く握りしめすぎて皺だらけになっていた。中を確認してと言われたが、それをそのままグローブボックスにしまう。

気を取り直し、エンジンをかけようとしたが、キーがなかなか差込口に刺さらない。

手元を覗き込んだが、視界が滲んで見えなかった。

ああ、これなら入らなくてもしょうがないな、と頭の隅で思った。見えていないのなら、しかたがない。

「……っ」

刺さらないキーを握ったまま、幹太は唇を噛む。

ぼろぼろと涙が零れて、止まらなかった。

「ひっ……」

ひ、ひ、としゃくり上げる声が止まらない。自分の愚かさを思い知って、声を上げるのも馬鹿馬鹿しくて、けれど止まらなくて、幹太は袖で顔を拭った。

「うー……っ」

自分は、うまく逃げおおせただろうか。柳は、ちゃんと満足してくれただろうか。

自業自得なのは、重々わかっている。誰か、第三者にこんな話をしたら、馬鹿だと呆れられるだろう。自分でもそう思う。

初めて気が付いたのだ。幹太は、柳と自分を繋ぐものが「金」では嫌になっていた。金で抱かれるまでわからなかった己に、涙と自嘲の笑いが零れる。

金を受け取らなければよかった。

こんな風になる前に、好きだと、伝えればよかった。

その日買った書棚や収納家具は、幹太の見立てたそれぞれの部屋に設置された。購入するときは大して興味がなさそうだった柳だったが、配置してみるとそれなりに嬉しそうだった。

当然だが、積んであるばかりだった本は綺麗に収納され、新たに購入した収納家具には今までそこらに置くばかりだった生活用品もきっちり収まった。

柳はあれだけ渋っていたというのに、「ある程度家具はあったほうがいいんだな……」と納得していたので、幹太はちょっと得意になった。

だが、それを買った日を境に自分たちの関係が変わってしまったことを思うと、なんだか家具を見ているだけで辛い気持ちに襲われてしまう。あのとき、もう少し違う選択肢があったのではないかと、悔やむ気持ちが募るのだ。

悲しい気持ちはあるのに、幹太はそれでも柳からの誘いを断れなかった。

毎日健全なデートをしていたのが嘘のように、十二月に入ってから、幹太と柳は体を重ねた。

五万円というのは幹太にとっては大金だったが、柳にとってはそうでもなかったらしく、あまり抑止力にはならなかったようだ。

終わる度に封筒に入った五万円を受け取って、身を切られるような思いにとらわれる。叔父には報告をしていないので全額幹太の手に渡ったが、使うどころか持て余してしまって社用車の中にどんどん溜まっていくばかりだ。

普通は、恋人代行でセックスなどしない。抱くこともなければ、抱かれることもない。けれど、今更それは誤解なのだとは言えなかったし、幹太も敢えてその誤解を解かなかった。

そんなことを言ったら、嫌われて、柳に会えなくなる。

悲しくなるのはわかるのに、抱かれるのを嬉しいと思っている自分がいる。抱かれたらすぐ虚《むな》しさに襲われるのもわかっていたが、自分自身に「お金のため」と言い聞かせ、言い訳にした。

柳は連日幹太を抱いたが、相変わらずセーフセックスを心掛けてくれている。それはお互いのためもあるのだろうが、割り切った関係だと一線を引かれているようでもあった。本来ならば感謝すべきところだろうに、と毎度自嘲する羽目になっている。

それでもその中に柳のものがあって、恋でも愛でもないけれど、求めてくれているのだと思うだけで幹太は感じ、乱れた。

「あっ、……柳さん、柳さ……っ」

追いつめられて、甘ったるい声を上げながら幹太は柳の背に縋った。

抱かれる度に辛くなる心とは反比例して、体は徐々に慣れていく。最初の頃の苦しさが嘘のように、幹太は嬌声を上げて痴態を晒すようになった。

今も声を出すのは恥ずかしいが、柳に抱かれると快楽は止まらなくなる。

腰のあたりから浮くような感覚が湧き上がってきて、幹太は頭を振った。

「っ、待って、俺、先に……っ！」

いつも柳と同時に達したいと思うのに、未熟な幹太の体はいつも堪え切れずに極めてしまう。だから待ってと懇願すれば、柳は目を細めながら、優しい声で「いいよ」と笑った。

「よくな、ぁ……っ、ごめ、ごめんなさい……っ」

ごめんなさい、と言いながら幹太は達した。

避妊具の中に、自分の吐き出したものが満たされる感触がする。あ、あ、と余韻に零れる嬌声を唇で塞いで、柳はまだ熱の引かない幹太の痩躯《そうく》を抉《えぐ》った。

まだ感じる体を突き上げられ、幹太は泣きながら仰け反る。

「んんー……っ」

何度も腰を打ち付けてくる柳が息を詰める気配がした。びくりと中のものが跳ね、彼が達したことを知る。

「っ……」

どちらからともなく息を吐き、柳は幹太の中から己のものを引き抜いた。お互いに避妊具を始末して、蒲団にもぐる。

体から余韻が抜けるまでの間、柳は髪を撫でてくれる。最初の頃はそれがとても気恥ずかしかったが、とても気持ちがよくて、今はすごく好きだ。汗ばんだ肌の匂いも、感触も、好ましい。

けれど、特に話すこともないのか、柳はそうしている間いつもなにか本を読み始める。それは少し嫌いだった。

「……柳先生」

柳は怪訝な顔をして幹太を見た。普段は、二人きりのときは絶対呼ばない呼称をあえて使ったせいだ。視線がこちらに向いて、幹太はちょっと満足だった。

「テストの問題、もう作った?」

試験期間の日程は四月の段階で決まっているが、実施日自体は直前に発表される。冬休み前に試験をする科目がいくつかあり、ロシア語Ⅱもそのうちのひとつだ。

柳は本に視線を戻し、「作ってあるよ」と答えた。

「簡単?」

「二外の試験難しくしたってしょうがないからね。超簡単」

とはいえ、真面目に授業を聞いていれば不可にはならないレベルの問題らしい。ふうん、と相槌を打つ。

「幹太は休み前の試験ってどれくらいあるの」

「俺はロシア語入れて四つ。残りは全部年明けにテスト」

「じゃ、来週はうちに来るの休みにしよっか? 勉強もしないとでしょ」

シラバスには、試験期間は学生と講師はあまり交流してはならないという旨が書いてあり、勉強もしなければならない。幹太としては別に直前になって慌てなければいけないような勉強の仕方はしていないので問題はなかったのだが、もし二人の接触の事実が露見したら、不味い立場になるのは柳のほうだと思い至った。

「うん、わかった」

柳と会えないのは少し寂しかったが、安堵したのも事実だった。

会えば会うほど好きになり、触れ合うほど辛くなる。離れれば気持ちも少しは落ち着くかと思ったが、そうでもなくて落胆した。

「じゃあ、再来週……冬休み入るね。そのときまた来るけど。ちゃんと掃除しといてね」

幹太の科白に、柳は顔を顰めて、本に視線を戻す。

今までは「家政夫」や「友人代行」として足を運んでいたのでなにも言わなかったが、「恋人代行」を始めてからは柳の私生活にも口を出すようになった。

掃除をしろ、整理整頓をしろ、ゴミを捨てろ、と言うと柳は嫌そうな顔をするが、そんな口を幹太が利くことに対しては嫌がらない。そして、子供のようになにかと理由をつけて逃げようとしたり、うだうだしたりすることはあるが、最終的には言うことをきいてくれるのだ。

掃除も今は、出来る限りは柳自身にさせるようにしている。

自発的にはやらないが、幹太の努力の甲斐もあって、柳は声をかけておけば掃除機くらいはかけるようになった。特に、体を重ねた後は言うことを聞いてくれる。

最初の頃、慣れないせいで足腰が立たなくなったりしたので、代わりに柳が動くようになってくれたのだ。

ただ、風呂に入れてくれたときは、案の定そこで二回戦が始まってしまって大変な目にあった。幹太は柳の家には泊まらないことに決めているのだが、逆上せてしまって、危うく一泊する羽目になるところだった。

以来、柳とは風呂に入らないようにしている。

今では、家の多少のことはするようになったし、自宅での食事も厭わなくなっていた。

「そういえばさ」

ページを捲《めく》りながら柳が口を開く。

「家具を買ってみて気が付いたことがあるんだけど」

一体どうしたのかと怪訝に思いながら「気が付いたことって？」と促す。

「使った瞬間に元の場所に戻すと、部屋が散らからないんだ」

「——は？」

「だから、本を出すだろ？　読むだろ？　そしたらすぐさまそこに本を戻す。よって散らからない！」

そんな「証明終了」みたいなノリで言われても、と幹太は呆気にとられる。

これがギャグなら面白くないが、得意げな声音が、彼が本気で言っているのだと伝えて来るのがわかって頭痛を覚えた。まったくもって始末が悪い。

「……なに今更新発見みたいに言ってんだよ!?　出したらしまう！　使ったら片付ける！

これ片付けの基本！」

「えっ……」

「え、じゃなーい！　ていうか、ほんと、今更なに言ってんの。俺何回も言ったじゃん、自分でもちゃんとやりなよって。なんも耳に入ってなかったんだ？」

自分が今まで注意してきたことはなんだったのか、と脱力する。

「一応学生に勉強を教えてる人でしょ……それでなくたって、そんなこと言ったら馬鹿にされるから黙っておきなよ、柳さん」

柳は大学では相変わらず寡黙《かもく》で、無駄口を叩かない授業スタイルだ。

もう少し学生に彼に親しみを覚えて欲しいと思っていた幹太だったが、パブリックイメージを守るには現状のほうがいいかもしれないと最近真剣に考え始めていた。

よく喋るようになると、案外柳はどこかネジが緩んでいるタイプだということがわかる。それは自分だけの心に留めておくべき事案のような気がするのだ。

柳は読みかけの本からこちらに視線を移し、じっと幹太の顔を見る。そして、おもむろに蒲団を捲って、中を覗き込んだ。

「……俺、前から言おう言おうと思ってたことがあるんだけどさ」

「今度はなに。ていうか、なにしてんの」

柳は蒲団の中の幹太の裸身を眺めつつ顎を擦り、真顔で口を開いた。

「——今度、裸に割烹着着てくれない？」

「は？」

「裸割烹着」

柳はくだらないことを生真面目に復唱する。びびらせやがって、と苛立ち半分、呆れ半分で、幹太は柳の手から本を奪い、彼の顔面に押し付けた。

「痛い、痛いです幹太くん」

「くだらないこと言ってないで、さっさと風呂の用意して。俺、風呂入りたい」

本を両腕に抱き、幹太は冗談めかして我儘《わがまま》ぶってみる。柳は怒るでもなく目を細め、ヘッドボードに置いていた眼鏡をかけた。

「はいはい。仰《おお》せのままに」

言いながら、柳がベッドを降りる。

きちんと三食摂取し、運動も相変わらず欠かさずやっているらしい柳は、最近、より鍛《きた》えられた体つきになってきた気がした。特に脱ぐとその変化が顕著だ。

割れている腹筋と、前より心なしか太くなっている二の腕に、自分の頬が熱くなるのがわかった。

柳は軽々と幹太を抱き上げることができる。

先程、背面座位の状態から両足を抱えられて体ごと揺さぶられ、喘いだ自分の姿が蘇《よみがえ》ってくる。どこにも摑まることができず、不安定で怖くて、けれど深々と刺さる柳のものに中を擦られて、達してしまった。

――思い出すな、馬鹿。

黙り込んでしまった幹太に、柳が訝《いぶか》しむのが雰囲気で伝わってきた。幹太は本で顔を半分隠す。

「じゃあ、よろしく。裸割烹着」

「お風呂早く」

答えずに急かすと、柳ははいはいと言いながら部屋を出ていく。その背を見送って、幹太は息を吐いた。

――裸割烹着って……くっだらねえ……。

頭の出来はいいはずなのだが、馬鹿じゃないのかと心配になってしまう。

だが、抱き合っているときよりも、こうして軽口を叩いている時間のほうが気が楽で、楽しい。

その時間は、恋人とそれ以外の関係の境が曖昧で、「代行」を意識せずにいられるからだろう。

金で繫がっている関係性だ。それでも、好きな人と一緒にいられればやっぱり嬉しい。

確かに抱かれることには慣れて、快感を得るようになったが、心はいつも辛いばかりだ。

——いつまで続くのかな、こういうの。

もういいよと言われるのが先なのか、自分に限界が来るのが先なのか。幹太にはよくわからない。

幸せだな、好きだな、と思うことも日々ある。けれど、すぐにそれと同じだけ辛く、切ない気持ちも押し寄せて潰れそうになるのだ。

自分はあくまで「代行」に過ぎないのだから、いつか終わりが来るのはわかっていた。こうして気安くすればするほど、その終わりのときに辛くなるのだろうと、怖くなる。

ふと、手の中の本を見てみた。

『Ася』というタイトルの本は、邦訳では『片恋』と改題されており、二葉亭四迷《ふたばていしめい》が訳したことで有名だ。一年生のとき、柳が授業中に珍しく雑談を挟み、そのときに紹介された本だった。だから、強く印象に残っている。

あのときは、まだこんな関係になるなんて微塵《みじん》も思っていなかったと、懐かしく思いながら、表紙を捲った。

「愛している」という言葉がなかった時代、夏目漱石《なつめそうせき》は「月が綺麗ですね」、二葉亭四迷は「死んでもいいわ」と訳した、と言われている。だが、実は二葉亭四迷が訳したのは「愛している」という言葉ではない、という話だった。

——本当は、「私はあなたのもの」というところを「死んでもいいわ」と訳した、というのが正解です。

柳の言葉を思い出し、ページを捲ってみる。けれど、幹太のロシア語力では、該当の一文を見つけることができなかった。

――「あなたのもの」、か。

愛しているはおろか、あなたのものだとも、自分には胸を張って言うことができない。早くやめなければ、と思う気持ちと共に込み上げてきた涙を飲み込みながら、幹太は本を閉じた。


十二月も下旬に差し掛かり、冬休みに入った頃、柳に呼ばれてマンションを訪れると、以前ほどではないにせよ、部屋は散らかっていた。

玄関に放り投げられた封書を拾いながらリビングへ向かう。十二畳ほどのリビングのうち、半分は綺麗だったが、もう半分は仕事場代わりに使っていたようで、書類や書籍が散乱していた。一応積んではいたようなのだが、雪崩《なだれ》をおこした一角はそのまま放置されている。

一心不乱にペンを走らせていた柳はふと幹太に気付いて顔を上げた。試験の日、一日だけ見かけたきりだった柳の顔を久しぶりに見て、嬉しいような、切ないような気分になった。

綺麗にしといてって言ったのに、と冗談交じりに責めたら、柳はごめんと言いながらおもむろに立ち上がると幹太の腕を引き、ベッドに連れ込んだ。

久しぶりだったのに、というか、久しぶりだったからこそ乱れた幹太に、柳は興奮したような目をして責めたててきた。

「……なんかごめん、即物的で」

散々した後に、幹太を見下ろしながら柳は恥じ入るようにそう呟いた。

確かにいきなりベッドに連れ込まれたのは驚いたが、それだけ自分が求められていたようで嬉しくもある。そんなことを言ったらはしたないと思われそうで口を噤んだ。

まだ中に入れたままの状態だったので、笑うと下腹に響いてしまって、幹太は「ん」と息を詰める。

「平気？　どこか痛いところは？」

「大丈夫……、っん」

ずるりと引き抜き、いつものように避妊具の始末をしていた柳が眼鏡をかけ、じっと使用済みのそれを見ている。

まだ熱に浮かされた体を起こすことが出来ないまま、幹太は疑問符を浮かべた。

「……どうか、した？」

幹太の問いに、柳はうーん、と考えるような仕種をする。

「……かけてもいい？」

「はい……？」

一瞬なにを問われているのかわからなくて、答えが返せない。

それを否定と取ったのか、柳は避妊具を揺らしながら真剣な顔で言った。

「なんなら、追加料金出すよ」

やはり、「金を出せば幹太はなんでもする」と思われているのだろうと、こういう科白を聞くと実感してしまう。久しぶりに抱かれて熱くなった体が、冷水を浴びたように冷えたような気がした。

きっと何気なく発しているだろうその科白に幹太がひどく傷付いていることを、柳は想像すらしていないだろう。

もっとも、知られたらそれはそれで困るので、構いはしないのだが、悲しいのも本当だ。けれど、幹太は気にしていることをおくびにも出さずに笑って見せた。

恋人代行をしている話は以前から聞いていたようだし、事実、金をもらって柳と体を繋げてしまった後でそんな言い訳をしても意味がない。結局、なにを言っても嘘っぽく聞こえるだけだ。

自業自得。そんな四文字が浮かぶ。

「……別にいいですよ、それくらい。『恋人』の仕事のうちです」

世の恋人同士がなにをどこまでしているのか、幹太は知らないが、そう言ってみる。

柳は「そう？」と身を乗り出した。

「じゃあ、遠慮なく」

そう言って、柳は避妊具の中身をまだ敏感な幹太の体の上に垂らす。

「んっ……」

胸の辺から臍にかけて、つうっと垂らされた柳の体液は、もうあまり体温が感じられなかった。

――あれ？　かけるって、そこ？

柳はそれを、幹太の体に塗り込めるように広げる。

「あ、っ」

胸の突起を体液で濡れた手で弄られながら、幹太は柳の顔をうかがった。

柳はぬるついた手で愛撫を施しながら、幹太のものからも避妊具を外す。二人分の体液を幹太の体の上で混ぜ、掌で弄《もてあそ》んだ。

一体なにが楽しいのだろうと思いながら、幹太は柳の好きなようにさせる。

「んん……」

くりくりと胸の突起を撫でられ、体が震える。

ちらりと柳の下肢を確認したが、さらにもう一戦交える気はあまりなさそうだ。

濡れた音を立てながら胸を弄られ、息が上がる。はあ、と熱を孕んだ吐息を零し、幹太は柳を見上げた。

「あの、なにして……」

「ん。この目に焼き付けて、オカズにしようかなーと思って」

「はあ?」

一体なんの話だかわからないが、とりあえず柳は幹太の痴態が見たいということなのだろうか。

「顔には、かけなくていいの?」

「うえっ⁉ え、いや」

かけていいかと訊かれたとき、てっきりそうされるものだと思っていたのだが、柳は思いのほか動揺した様子だった。

ぱっと手を離し、柳は目元を染める。十分すごいことをしておいて、どこに今更照れる要素があったのかはわからないが、幹太は笑ってしまった。

「ところで、結構家事もできるようになったと思ってたのに……また食事してなかったの？」

腕枕をされ、眼前の胸板や顔を見るにつけ、試験が始まる前よりも少し痩せたような気がしてならない。

「うーん、でも外食は結構してたし、うちでもちょっと作ったりとかしたよ」

「……嘘だね」

来なくていい、と言うならもうちょっと真っ当に生活をしてほしいものだ。ベッドに行く前に台所に行けばよかったと後悔する。

「ちょっとは食べたよ。でも、やっぱり幹太の料理がおいしいから」

そう言われると弱いのだが、それとこれとは話が別だ。

「誤魔化さない。自分でって、なに作ったの？」

「クリームシチューとか……きのことか入れて」

「へー。美味しそうじゃん。俺も柳さんが作ったの食べてみたいな」

幹太が言うと、柳は少し照れながら「うん」と頷く。

ほのぼのしつつ、やはり体が心配なので食事はちゃんとしてほしいな、と内心苦笑する。

ここに幹太が来なかった期間、食事も、掃除も、あまりしていなかったようだ。相変わらず梱包資材の類は山と積まれているのに、生ゴミは出ていない。今日も恐らく、朝からなにも口にしていないのだろう。

「……あの、ちょっと片付けようか。今仕事してるスペースはひとまず置いといて、他の汚れてるところだけでも」

「んー、いいよまだ。そんな体力あるならもう一回させて欲しいんだけど」

たった今まで掻き混ぜられていた場所を指で撫でられて、幹太は首を竦める。

「そ……それは、もう少し待って」

柳は一度しかいっていないようだが、幹太は三回も達してしまって、正直なところもう少し間を置いて欲しかった。幹太が顔を強張らせると、柳はしぶしぶ手を引く。

「柳さんって、いつから一人暮らししてるの」

「高校卒業してからだけど……なんで？」

「それまでどうやって過ごしてきたのかなって思って」

「最初は普通だったんだけど……」

その頃から掃除はあまり得意ではなく、遊びにきた友人や恋人が見かねて掃除をしてくれていたのだそうだ。最初のうちは恋人が「もー、俺がいないと駄目なんだから」と世話を焼いてくれていたのだが、そのうち「俺はお前の母ちゃんじゃない！」と愛想を尽かして出て行ってしまうことが続いたらしい。食事や料理をしていない様子なのに使いかけの調味料があったのは、そういう理由だったようだ。

恋人、というワードにどきりとしながら、それで、と幹太は促す。

「で、五年くらい前にロシアに行ってみないかって話になって。あっちでは単身寮に入れてもらってたんだけど、そこに食堂があって。そこで飯食ったら部屋汚れないなってことに気付いて……で、帰国したらこの有様で」

「納得できるようなそうでもないような……」

もともと整理整頓や掃除が苦手だったのに加え、海外生活でますますやらない習慣が付いて悪化した。言い訳じみている気もするが、ズボラな柳らしいと苦笑する。

「えっと……柳さんは、今年の冬休みの予定ってどうなってるんですか？」

代行とはいえ恋人としては、クリスマス予定が気になる。

「ん？　あー、そうだ。そのことなんだけどね、明日から年明けくらいまでちょっとロシアまで行くことになって」

ちょっとそこまで、くらいのノリで言われた科白に、幹太は目を丸くする。

「冬にロシアって……大丈夫なんですか？」

「うん、まあロシアって言ってもあんまり寒いところには行かないから。知り合いに通訳頼まれたから行ってくることになったんだ。それもあって、俺の授業は冬休み前にテストになったんだよね」

年明けすぐの講義は休講が決定しているらしいと聞いて、はあ、と相槌を打つ。

「……お仕事かぁ……大変ですね。頑張ってください」

正直なところだいぶがっかりはしたのだが、仕事ならば仕方がない。そう諦めかけた幹太に、いや、と柳は首を振る。

「仕事っていうより観光かな。ロシアだと年末から正月にかけて親戚とか友達と一緒に過ごすっていうのが一般的で。そういうのに招待されるのをゴースチっていうんだけどね」

ロシアではクリスマスより新年の祝いのほうが盛大に催されるらしい。欧州でいうところのサンタのような「ジェド・マロース」も、十二月二十五日ではなく三十一日の夜に現れてプレゼントを置いてくるのだ、というのを柳が楽しげに話す。

へえ、と相槌を打ちながらも、「恋人代行」である自分と過ごす行事よりも、友人との年末年始パーティを優先された事実に、落胆を覚えた。

所詮「代行」なのだと改めて思い知った気分だ。

恋人ならば、ここで自分の存在意義を問うのだろうが、幹太にはその権利すらない。その対価として金を受け取っているのだから当然といえば当然だ。

自分でも思った以上にショックで、幹太は自分がちゃんと笑えているのか不安だった。

「――あ、そうだ。それでね、ベッドが届くのが出国日より後になりそうなんだって」

家具店で購入した大きないサイズのベッドは、まだ届いていなかった。

「それ、受け取っておいてくれる？　リビングの隣の部屋に置いといてもらえばいいから」

「……うん、わかった」

そしてその逢瀬の翌日に柳は日本を発ち、更にその翌日――クリスマスイブにベッドは届いた。

一人取り残された部屋で、大きなベッドを見ていたら、ひどい虚無感に襲われた。

自分は、なにをしているのだろう、と思う。

お金のためだと割り切ることも、もう出来そうにない。それなのに、ここでなにをしているのだろうと。

このベッドを、また金を受け取って、二人で使うのだろうか。この関係が断たれたら――あるいは断たなくても、柳は別の誰かとここに寝ることだって出来るのだ。最悪、彼と他の誰かが寝たあとのシーツを洗濯する可能性だってなくはない。そして、幹太にはそれを責める権利がないということを、今更になって思い知った気がする。

彼が散らかしていった部屋を片付け、戸締りをしたら、たまらない気分になった。

その帰りに、幹太は叔父の元へ駆け込んでしまった。

もう成人しているのに情けない話だが、泣きついたのだ。

「広兄……っ」

半泣きになりながら事務所に飛び込んできた幹太を見て、咥え煙草で書類を見ていた広之は、ぎょっと目を丸くした。

「ど、どうした、幹太。お前今日出かけたんじゃ」

なにをどこまで言ったらいいのかわからず、けれど本当に辛くて、幹太は広之の前で子供のようにしゃくりあげた。

服の袖で目元を擦りながら、幹太はなんとか涙声で言葉を紡ぐ。

「広兄、俺……、俺、この仕事やめたい……っ」

「はあ？」

唐突に望みだけを口にした幹太に、広之は顔を顰める。

基本的に甥である幹太には甘いが、仕事に対してはきっちりとしていて厳しい人だ。なんの前触れもなく、やめたいなどといえば難色を示すことはわかっていた。

そのためにどうにか説明しようと直前まで頭のなかでシミュレートしていたはずだったのに、そんな拙《つたな》い言葉だけが口をついて出てしまったのだ。

本来ならば幹太の気持ちに翳《かげ》りが見えた時点で、やめたいのだと相談しておくべきだった。それでもずるずると引っ張って、最悪な逃げ方をしようとしている。諦めきれなかったせいで、叔父にも柳にも迷惑がかかる選択だ。

「お願いします、やめ、やめさせてください……」

ひぐ、と嗚咽《おえつ》を漏らす幹太に、流石に怪訝に思ったらしい広之は、小言を飲み込みながら「どうしたんだ」と訊いてくれた。

「突然なんだ、どうした、お前。ちょっと落ち着け」

子供にするように後頭部を撫でられ、宥められて、幹太は目元を擦る。

「広兄……っ」

「仕事を中途半端で放り出すのはよくない……って、俺がいちいち言わなくたって、そんなのはわかってるよな。それでも言うってことは、なにかよっぽどのことがあったのか。なにがあった」

優しい言葉をかけられて、感謝と情けなさに涙が溢《あふ》れる。両目から大粒の涙を零す幹太に、広之は子供をあやすような焦った笑みを浮かべた。

「ほら、落ち着け。あっちで話そう。な?」

タオルを渡してくれて、広之は幹太を応接セットへ誘導する。

溢れる涙をタオルで押さえながら、幹太は困惑した。

当然だが、ただやめたいと言って、はいどうぞ、というわけにはいかない。だが、柳との関係を告白するのも若干躊躇する。

散々逡巡したものの、うまい言い訳が見つからなかった以上、幹太は、正直に広之に話すことにした。

「……『恋人代行』だぁ？」

泣きながら、柳との関係を話すと、それを聞いた叔父は目を剝いた。呆気にとられた様子で口を開き、重々しく嘆息する。

この問題は、広之にとっては厄介な話だろう。

幹太は家事代行の他に友人代行の依頼を受けたことは話していたが、更にそれを超えて恋人代行をしているとは広之に報告していなかった。

相手は男で、しかも叔父の知り合いだということで、どうしても言いにくかったのだとしどろもどろになって説明する。

しかも、勢い余って大金まで受け取ってしまっていた。一枚も手は付けていない、持て余していたそれも返したい、と泣きながら訴える。

眉間を押さえるようにして、広之が俯いた。

「お前なあ、それじゃ立派な売春だろ」

わかっていたことだが、改めて第三者の口から言葉にされて、深く後悔する。

「ひ、広兄にも……迷惑かけちゃ……っ、ごめんなさい」

自分がしたのは紛れもなく売春で、そんなことがばれたら広之も大変なことになる。風営法かなにかに引っかかってしまうと思い至り、幹太は今になって青褪めた。

広之は、何度もなにか言いたそうに口をもごもごと動かし、また溜息を吐く。

「いいか、『恋人代行』でセックスはもう二度とするなよ」

「はい、ごめんなさい……。でも、それまではしたことなかった、から」

今更それがなんの言い訳になるのかと思ったが、幹太は素直に申告する。

「お前、それがわかってんのになんでなあ……」

広之は頭を掻きながら、煙草を噛んだ。

「ごめんなさい……」

「……馬鹿。俺が言ってんのはそういうことじゃねえよ。お前は何度も恋人代行を受けてきて、頼まれても絶対にキスもしなかった。それなのにあいつと寝たってのは、そこまでしてでも、あいつと接点持ちたかったってことじゃねえか。なんで正直に言わなかったんだよ」

「だって……」

涙声になった幹太の頭を乱暴に撫でて、広之は再び嘆息する。

「金を受け取ったのは、互いに本気になるのが怖かったからだろ。その時点でもう本気だったのに、なんでそんなことしたんだよ」

「だって」

「泣くな。もう大人なんだから、自分が判断して決めたことに傷付いて泣くんじゃない」

叱責《しっせき》されて、幹太は必死に唇を噛んで堪えた。

けれど、厳しい言葉とは裏腹に、広之は優しく抱きしめてくる。

「……俺は、こうなるのが嫌だったんだよ。大人同士だからほったらかしにしたのに」

そう言いながら広之は幹太の顔を見つめて項垂《うなだ》れた。

「……わかった。とりあえず、やめるのだけは考え直してくれ」

「でも」

我ながら甘い、と広之が溜息を零す。

「それに、お前もう試験終わったんだろ？」

「あ、うん。ロシア語は冬休み前にテストだったたから……」

出席日数も問題がないし、よほどのことがない限り、試験結果も及第点のはずだ。

今まで一度も欠席をしたことがないので、休み明けの講義には一つも出席しなくても恐らく単位は取れる。

来年もロシア語の授業はあるが、三年からは第二外国語は必修ではなくなるので取る必要はない。

本当は取ろうと思っていたが、この状況では無理そうだ。

授業を取らなければ、これから顔を合わせることもなくなるだろう。そうすれば、来年の今頃には、泣くほど辛いこの気持ちも凪いでいるかもしれない。

「やめるのはあいつのところの仕事だけでいいだろ。柳のほうには、俺から言っておく」

最後くらい自分で挨拶をすべきかもしれないと思ったが、不義理なことに叔父の言葉を聞いてほっとしてしまった。

「うちは従業員二人だし、幹太が『恋人代行』……まあ、俺には『友達代行』とか言ってたわけだけどな」

ちくりと嫌味を言って、広之は幹太を一瞥する。

「『幹太に向いた仕事があったからそっちを優先させた。残りの契約は俺が行く』って言うから」

確かに、「恋人代行」はさておき、当初一年コースで申し込まれていた家事代行は、幹太でなければいけないという事情はない。ただ、柳の男性に来てほしいという要望を受けて幹太にお鉢が回ってきただけだったのだ。

「なんなら、家政婦協会のほうで男性雇ってもらうから」

「でも」

「もう一人でも平気なんだろ。あいつ、この間ひっさびさに会ったらつやつやしてたし。……もう十分だろ。よくやったよ、お前は」

普段あまりこういうフォローはしない広之だが、幹太が相当萎れているのを察してか、さっきからやけに執り成してくれる。

けれど、幹太の献身の甲斐もあって、ガリガリ体型だった柳は細マッチョくらいになった。部屋は片付き、掃除もそれなりに習慣づいた。

確かに広之の言うとおり、もう一人でも大丈夫なのだろう。この期に及んで、そんな事実を寂しく思ってしまう心に蓋をする。

「それでも部屋が汚れたとかなんとかってごちゃごちゃ言うなら、そんときは俺が行って掃除でもなんでもしてきてやるから」

だから気にするな、と言ってくれるのがありがたくも申し訳なくて、幹太はもう一度深々と頭を下げた。

「……迷惑かけて、ごめんなさい」

「まったくだ。……でも、いいんだよ。お前だって本当は、遊んだり恋人作ったりしたくて当たり前の年頃なんだから」

「ううん。それは別に……俺、お金好きだから」

幹太のいつもの返しに、広之は痛ましいものでも見るような目でこちらを見た。俺って甘いよなあ、と広之は苦々しく呟く。

「……お前は、というか姉貴は金で苦労したからなぁ。金は確かに大事だよ。でも、子供に強迫観念植え付けるほど説いたらまずいことだ」

「別にそういうんじゃないし、もう、子どもじゃないし」

「気付いてないのが一番たちが悪い」

そう言って、慰めるように叔父は幹太の頭を撫でる。

強迫観念、という発想は、言われるまで気が付かなかった。

果たしてそうだろうかとも思う。本当に、金は好きだ。だから、働くのは苦ではなかった。

けれど、お金よりも、もっと柳が大事になってしまった。

自分がそんなことを思う日が来るなんて、予想も出来なかったのだ。


柳と連絡を取っていた携帯電話は仕事用のものだったので、広之が預かってくれている。だから、今そこにどれだけの着信があるのか、幹太は知らない。

もしかしたら全くないかもしれない。そう思うと怖くて、広之がなにか言って来ることもないし、確かめることもできなかった。

長い冬休みが明け、そしてすぐに春休みに入り、幹太は、柳のことを頭から弾き出そうと、目一杯仕事を入れた。

広之には「折角休みにしたのに」と呆れられたり「遊んでいいんだぞ」と言われたりしたが、やはり自分は働くのが性に合っているのだ。体を動かしていれば無心になれる。

特に、春休み中は引っ越しシーズンということもあり、家政婦協会の手も借りて大忙しだった。幸か不幸か、結局新学期が始まるまで、働き詰めだったのだ。

それでも、夜一人になったり、ふとしたときに柳のことを思い出す。だから余計に、幹太は仕事に没頭していった。

そんな長期休みを振り返りながら、幹太は携帯電話の画面をフリックする。

幹太は柳に会わないまま、無事に三年に進級した。戻ってきたテストの結果は「優」だった。

構内のカフェテリアで久しぶりにSNSの情報更新をしていると、向かいに誰かが腰を下ろす気配がした。視線を上げると、友人の田所がいた。

「よー。幹太。なんか久し振り」

「おー、元気？　つってもこの間授業で会ったけど」

ゼミが別れてしまったので久しぶりに顔を合わせる友人は、ドーナツを頬張りながら首を傾げた。

「幹太、この時間って授業入れてなかったっけ」

「んー、先生が風邪引いて休講。見落としてた。この後、授業入ってないし、今日はバイトもないしどうしようかなって……」

「ふーん。てか、俺、幹太はロシア語Ⅲ取ると思ってた」

田所に特別な意図はないのだろうが、唐突に柳に関わる話題を振られて、幹太は言葉に詰まる。

田所はそんな幹太の様子には気付かずに、もごもごとドーナツを咀嚼した。

「……なんで。二外のⅢからは必修じゃないし」

「んー。まあ、そーね。もう二年で必要単位取ったら必要ないっちゃないけど、でもなんか幹太、柳せんせと仲良さげなふうだったじゃん」

「……そう？」

そういえば、「友人代行」の依頼を受けてから、外でも親しくさせてもらっていたことを思い出した。

もうずいぶん昔のことのようで、そして、不意に胸が痛んで俯いた。

――それにしてもびっくりするくらい、会わないな……。

柳と会いたくなくて、合わせる顔がなくて、ロシア語の授業は結局取らなかった。

だがもしかしたらどこかで会うかもしれない、とも思っていた。

期待通りなのかそうでないのか、自分でもよくわからなかったが、柳と構内で顔を合わせる機会は今のところ訪れていない。

たまたま、幹太が授業を受ける教室と柳が使う教室が遠いということもあるし、柳はそもそも週に四コマ程度しか授業を受け持たないため、用がなければ早いうちに帰ってしまう。

ちょっとタイミングがずれただけで、まったく見かけなくなるとは思いもしていなかった。

——こんなに、あっさり会えなくなるもんか。

ほっとしたような、拍子抜けしたような不思議な気持ちだ。

偶然というよりは、柳も幹太を避けているのだろう。

それでも、ちゃんと食事はしているのか、ゴミは捨てているのか、片付けはしているのか、といつも案じている。

離れれば忘れられるかと思ったのに、案外まだまだ時間がかかりそうだ。

雑談に興じながら携帯電話を弄りつつ、カフェテリアのガラス戸に何気なく視線を向ける。カフェテリアは正門からキャンパスへ向かう途中の小高い場所にあり、行き来する人の流れが見える場所だ。

今は授業中ということもあり、あまり人の姿は多くない。その中に、見覚えのある人物の姿を認めて幹太は立ち上がった。

「幹太？」

対面の田所が、目を瞠る。そして幹太の視線を追いかけて、ガラスの外を見やった。

「あ、噂をすれば柳せんせ。……相変わらず元気ないな、あの人」

笑い交じりに言う田所に、幹太は首肯した。

正確には、元の彼に戻っていた、というのが正しい。

──なんか、前より瘦せた……？　前の柳さんみたい。

幹太の努力の甲斐あって、柳の体は細マッチョと言えるくらいになったはずだった。

幹太が服にきっちりアイロンをかけ、きちんと畳んでしまうようになって、いつも皺だらけだった服が改善された。そのことで柳の学生からの評判がちょっとよくなってしまって、嫉妬したくらいだ。

だが、今の柳は幹太が面倒を見る前の彼に戻ってしまっている。

服や身のこなしはよれよれで、髪はぼさついた無造作ヘア、そして姿勢などのせいで全体的に陰気な雰囲気を身に纏《まと》っていた。

──……なんでまた前みたくなってんの、あの人。

心配と苛立ちが綯い交ぜになって、幹太は自然とガラス戸に向かっていた。

その際に立ったとき、柳がくるりと振り返る。それは、視線を感じたというより、柳にとってもなんとなく、あまり脈絡のない行動だったのだろう。

柳は立ち止まって、こちらを見ていた。

目が、合った気がした。

ガラス戸が反射して見えない可能性もある。だが今日は曇りだ。

柳はじっとこちらの方向を見つめ、そして一旦正門のほうに向かっていたはずなのに踵を返した。

――え。

心なしか速足で、柳が戻ってくる。

「どした、幹太？」

「え、いや、あの」

柳が幹太を目指しているとも限らないし、なによりここで急に逃げたら田所が怪訝に思うだろう。

だが、柳が本当に幹太を追っているのだとしたら、まだ心の準備が出来ていないのでどうしたらいいのかわからない。

幹太がおろおろとしているうちに、柳がカフェテリアの中に飛び込んできた。

「――幹太！」

人のまばらなカフェテリアに、柳の声が響く。幹太は思わずびくりと体を竦めた。傍らの田所が、「え？　なに？　なんだ？」と目を瞬いている。

田所に説明をしている余裕などなく、幹太はその場で固まった。

なんとか後退《あとずさ》りだけすると、柳が「逃げるな！」と声を張り上げる。そう言われてしまっては身動きも取れず、幹太は硬直した。

息を切らせて、柳は幹太の傍まで歩み寄ると、腕を掴む。数か月ぶりの接触に、緊張して肌が震えた。

「……あの」

田所がただならぬ雰囲気を察してか、おずおずと声を上げる。だが、柳にじろりと睨まれ、口を噤んだ。

威嚇するような顔をした己に気付いてか、柳は息を整えながら咳払いをする。

「彼となにか、約束が？」

問われて、田所は表情を強張らせた。

「あ、いえ」

「悪いけど、もし先約があっても後にしてくれないかな。……ちょっと彼に話があるから」

俺にはないです、と返そうとしたが、言葉にするより先に田所が「どうぞどうぞ！」と勝手に許可を出す。

緊張しながらも、幹太は柳が目に見えて痩せたことが気になってしまった。頬や顎のラインがシャープになっている。悪い言い方をすれば、痩せこけていた。

幹太の心配をよそに、柳は嘆息し、再び視線をこちらへと戻す。

「……というわけで、来てくれるか、幹太」

来い、とは言わずに来てくれるか、と言いながらも、拒むことを許さないとばかりに幹太の腕を摑む手の力が強くなる。

幹太は逡巡しつつも、こくりと頷いた。

なにか問いたげな田所に目で謝りながら、柳に腕を引かれてカフェテリアを後にする。

柳は幹太の腕を取ったまま、正門を目指していた。途中、行きかう学生たちが何事かとこちらを見ていたが、柳はまったく気にならないようだ。

「先生、あの」

呼びかけに、柳は振り返らない。

手を繫いでいるわけではないが、これは外聞が悪いのではないだろうか。

「先生。あの、手を……」

離したほうがいいんじゃないでしょうか、と提案する前から、拒否するとばかりに引っ張られる。

「先生、仕事とか、なんか、大丈夫ですか」

今帰るところだったのだから愚問だったとは思いつつも、無言も気まずいので訊いてみる。

だが、やはり無視されてしまった。

「先生、引っ張らなくても逃げませんから、俺。だから……」

正門を抜けたところで、柳はようやく立ち止まった。

だがここで話を続けるのかと動揺していると、柳は通りに出てタクシーを止める。

躊躇する間もなく中に押し込まれ、柳も続いて乗り込んできた。

「この住所までお願いします」

柳は自分の免許証を取って運転手に渡す。

色々言いたいことはあったが、まずそこに驚いてしまって幹太は目を剝いた。

「ちょ……先生！　家までタクシーとか不経済！」

タクシーの運転手の前でそれを言うのはどうかと思ったが、つい声を上げてしまう。

お互い定期券で大学に通っているのは知っていた。県を跨《また》いだりするほど離れてはいないが、それでも大学から柳の自宅までは結構な距離がある。

定期券を使えばタダなのに！　と言えばじろりと睨まれた。

「――この子のことはいいので、行ってください」

二人の様子に逡巡していた運転手は、はいと返事をして車を走らせた。運転手から返ってきた免許証をしまいながら、柳はちらりと幹太を一瞥する。

「電車の中で話をしたいなら、それでもよかったけど」

「……別に話ならどこでだって」

「そう？　まずは、俺が『幹太』って呼んでるのに、どうして君は俺を『先生』って呼ぶのかっていう話からしようと思ってたんだけど」

柳の指摘に、幹太はぐっと詰まった。

返事をしてくれなかったのは、無言でそのことを訴えていたかららしい。

確かに電車の中でするのは憚《はばか》られる話ではあるが、タクシーの運転手がいる前でもどうかとは思うのだ。

ちらちらと運転席を見れば、柳は「旅の恥はかき捨てというから」となんの解決にもならない上に少しずれたことを言う。

「で、どうして？」

「……それは、だって」

もう「恋人代行」のお金はもらっていないから、というのは建前だ。

もう、偽りの「恋人」じゃないから、だ。

それを口にするのは、ひどく辛く、惨めだった。

「一方的に契約を切ったことは……謝ります。前置きもなく突然、無責任にやめちゃったことも、そのことを直接謝らなかったことも」

あまりに責任のない態度でした、と幹太は頭を下げた。

けれど、柳はむっつりと前を向いたまま、幹太を見ようともしない。

「……俺は、謝って欲しいわけじゃない」

「でも、俺にはそれ以外できないし」

どうすればいいのか、もうわからない。

その答えを柳に訊くのは間違っているというのは重々承知だったが、縋るように見上げてしまう。

柳は、腕を組みながら息を吐き、やはり幹太を見ないまま俯いた。

「できることはあるよ。……説明責任を果たすこと。それと、俺と再契約をすること」

小さく呟かれた提案に、幹太は己の指先が冷えるのを自覚した。

再契約、という言葉の無慈悲さに、胸が詰まる。

震えそうになった手を組み、頭を振った。

「それは、出来ません」

契約というのは、家事代行のことだけではないだろう。そしてまた、恋人代行の契約を結べば、彼と睦み合う日が始まる。そうしたら、彼の気が向くときに抱かれて、彼の満足するタイミングを迎えたらお呼びがかからなくなるのだ。

そんなのは耐えられない。

客だと割り切るには、幹太は柳を好きになりすぎていた。

「……それは、出来ないです」

重ねて断った幹太は、膝の上でぎゅっと拳を握る。

数秒の間の後、柳が口を開いた。

「どうして。俺はそんなに駄目な客だった？」

「そういう、わけじゃ」

「じゃあ、どうして」

答えられないのは、この場に第三者がいるから、ということだけではない。

――もう「代行」は嫌だって言ったら、困るのはあなたじゃないか。

困るくらいなら、まだいいのかもしれない。なんて面倒なことを言いだすのか、お前とは金で繋がった関係だっただろ、と言われたらと思うと、それだけで耐えられないのだ。

黙ったままの幹太に、柳はもうそれ以上なにも言わなかった。

これ以上問うても無意味だと思ったのか、はたまた、肯定ととらえられたのか。

自分が言い訳をしていい立場なのか、幹太にはわからない。

二人とも無言のまま、タクシーは柳の家に向かっていた。

「……なに、これ」

幹太が通うのをやめてから、たった数か月だ。

しかも、最後のあたりは柳はそれほど汚さなくなったし、自分で掃除機をかけたりするようにもなっていたはずだ。

そのはずだったのに、眼前に広がる惨状に幹太は立ち尽くす。

既視感を覚えたが、それは最初にこの家にきたときのことだ。そのときと同じくらい、柳の部屋は汚部屋に戻っていた。

玄関先には段ボールが転がっており、靴も何足も出ているし、チラシや手紙の類が散らばっている。エントランスにあるポストにも、既に何通も手紙が溜まっていたが、この床のものは一体いつ届いたものなのか。

そして、やはり生ゴミは見当たらない。

嫌な予感がして、幹太はキッチンの冷蔵庫を開けた。中には干からびた人参《にんじん》と、黴の生えた生姜《しょうが》が袋に入っている。こうなったら捨てればいいのに、と思いながら、それ以外の食材が一切ないことに眉を顰めた。

栄養ドリンクや飲み物類だけは相変わらず充実しているが、食べ物の類はない。普通の汚部屋に比べて異臭はしないが、やはり気のせいではなく痩せたらしい部屋の主を思えば、それがいいのか悪いのかはわからなかった。

冷蔵庫を閉じてリビングへ向かうと、やはり予想していた通りの汚れっぷりが目の前に広がっている。

——……折角、本棚買ったのに。

二人で買いに行った書棚には、本が差してあるものの、沢山スペースがあいていた。そこにしまうためのものなのに、多くの書籍が書棚の前に山と積んである。

そして、辞書や書類などが床に散乱し、文房具や、買った本に付いていたと思われるシュリンク、投げ込みチラシ、ショップの袋などもそこら中に放ってあった。

主にテーブルの周囲に転がっているのは、ペットボトルだ。

——ペットボトル……一応、野菜ジュースは飲んでたんだな。

柳の体型の変化を見れば、食事はあまりまともにとっていないのは明らかだ。勿論食事をするのが一番だというのは大前提だが、それでもお茶ばかり飲んでいるよりは多少マシかと息を吐く。

そこまでチェックして、はっとした。

——関係ないことだろ、俺には。

もう柳は幹太の客ではないし、これからも幹太の客にはならないし、できない。

そう叔父に泣きついたのだ。

だが無言とはいえ幹太がチェックしているのはわかっていたのだろう、柳が口を開いた。

「俺の部屋、見てくれないの」

「だって、そこは先生の自室でしょう」

初回に柳と家事代行の契約をした際に、入るな、と明言された部屋だった。

ここに入っていいのは、友人と恋人だけ、という線引きが彼の中ではしてあるはずなのだ。

ならば、幹太は入れない。幹太はもう、そのどちらでもない。

頑《かたく》なに拒む態度を取る幹太に、柳は眉を顰める。

「だから、再契約の話をしようって言ってるんじゃないか」

——ああ、やっぱり。

柳の再契約という言葉にまだ傷付く自分がいることに、幹太は苦笑した。金で結ばれる関係が嫌になったのだと言えば、柳は戸惑うだろう。

「……それは出来ません。もう、先生の仕事は受けないって決めたんです」

「……家に入っておいてそれはない。俺はただの学生を自室に呼んだりしない」

「でしょうね」

幹太の返答に、柳は怪訝な顔をする。

だから、自分は柳の自室には入れないのだ。

友人、恋人、家政夫、どれでもない、どれにもなれない自分は、彼の領域に入ってはいけない。

「だから俺は入れないって、言ってるんです。家事をしてほしいんだったら、家政婦を雇えばいいんです。俺はもう、……出来ません」

「それは、学業に専念するからって意味？」

「いいえ。……先生の家政夫にも、代わりの恋人にも、もうならないってことです」

はっきりと宣言すると、柳は初めて表情を強張らせた。

「……それは、俺以外となら仕事するって、こと？」

重ねられた問いに、幹太はこぶしを握る。

この人は、一体なにが言いたいのだろう。自分になにを言わせたいのだろう。

「まあ、平たく言えばそうですね。というか、先生以外との仕事はしてます。春休み中はお陰様で忙しくさせていただいてました」

半ばやけになって、幹太は肯定した。

柳はさっと顔色を変え、幹太の肩を掴む。あまりの勢いに、幹太は顔を顰めた。

「なに……」

「俺以外ともしたの⁉　相手は女⁉　それとも男と⁉」

引っ越しの時期だったこともあり、顧客は男女比率にそれほど差はなかった。なんなら、散歩代行に関しては客は犬とも言えなくもない。

一体それがなんの関係があるのかと問いかけ、彼が言う相手は「恋人代行」のこと——つまり、男と女、一体どれほどの人数と寝たのかと問われていることに気が付いた。

初回にあっさり体を許したから仕方がないとはいえ、やはり柳は自分を、金さえもらえば誰とでも寝るような人間だと思っていたのだ。

——あ、やべ。

泣きそうだ。

だがここで涙を見せるわけにもいかないので、幹太は唇を引き結び、踵を返した。

「幹太……？」

「俺、帰ります。さよなら」

「待って、話は終わってない」

「別に、することもないんで」

無下に言い捨てて、幹太はゴミを避けながら玄関へと向かう。

背中の服の裾が、引っ張られる感触がして足を止める。

「……待って、幹太」

「待ちません。離してください。帰ります」

早くしないと泣いてしまいそうだから、もう引き止めないで欲しい。どうしてこの男はわかってくれないのだろう、と苛立ってきた。そんなに、幹太の無様な姿が見たいのだろうか。

いい加減、幹太の気持ちに気付いてくれてもいいのではないかと、思うのだ。はっきりと伝えてはいないけれど、結構自分の言動はわかりやすいはずだ。

なにも言えない己を棚に上げて、どうしてわかってくれないのかと理不尽な怒りをぶつけそうになる。

「幹太、お金なら払うから。……倍でもいいから！」

柳の言葉に、幹太は頭を殴られたような衝撃を覚えた。

「――いらない」

涙声にならないよう、一つ深呼吸をして、幹太は口を開いた。

「あなたからお金なんて、欲しくない。……別に、部屋を綺麗にしたいだけなら俺じゃなくていいでしょう。叔父に言っておきますから、新しい家政婦さんでもなんでも雇ってくださいよ。セックスしたいなら、他の人探してください。俺に払った倍額払うなら、どっちにしたって俺なんかよりすっごくいいサービス受けられますよ――だからもう、俺のことはほっておいてください」

「幹……――」

「――あなたとの仕事は、二度とごめんだ」

そこまではっきりと告げると、柳の手がびくりと強張ったのか、後ろに服を引かれる感触がした。

　一歩踏み出したが、まだ手を離した気配はない。

　――……もう、いい加減解放してくれよ。

　どう言えば納得してくれるのか、と眉を顰めたのと同時に、背後からぐす、と鼻を啜《すす》る音がした。

　初めは一体なんの音かわからず、内心首を捻《ひね》る。

　けれど続いてぐす、ぐす、という湿った音がして、幹太はつい振り返ってしまった。

「え……？」

　子供のように幹太の服の裾を摑んだ男が、ぼろぼろと両目から涙を零している。

「……柳さ……」

　つい名前で呼んでしまうくらいに、幹太は動揺していた。

　幹太は慌ててポケットからハンカチを取り出して、柳の頰に当てた。その手を、柳が握る。

　洟《はな》を啜って、柳は頭を振った。

「……家政婦さんに来てほしいんじゃないよ……」

「え」

「掃除とか、料理とか、洗濯とかじゃなくて、俺は、ただ君にそばにいて欲しいだけなんだよ……」

幹太だから、と重ねる柳に、信じられない思いで立ち尽くす。

「幹太が好きだから、どういう形でも傍にいて欲しかっただけなんだ……」

自分に都合のいい言葉が聞こえているのかと、にわかには信じられない。今更そんなことを言われても、戸惑いが勝る。

「俺のこと、そんなに嫌いだった……？」

「き、嫌いとか好きとか、そういう問題じゃなくて」

幹太の感情の問題ではなく、柳はあくまで幹太を「恋人代わり」にしていただけだったはずだ。

「だって」

そのときの感情が、ぐっと胸にせりあがってくる。それは涙に代わって、幹太は必死に堪えた。

「……だって、俺はただの『恋人代行』だろ。そう言って、金握らせたのは、柳さんじゃないか！」

幹太が言うと、柳は涙に潤んだ目を瞠らせた。

八千円で、とそう言ったのは自分だ。セックスは五万円で、と条件を出したのも自分だ。

柳は客として金を払って対価を得ただけのことなのに、責める気持ちと言葉が止まらない。

「さっきだって、俺が誰とでも寝てるみたいなこと言うし……金さえ払えば言うこと聞くとか、そう思ってるかもしれないけど俺は……、俺は」

勝手なことを言っているのは重々承知で、それでも堪え切れずに、幹太の目から涙が落ちる。

一度零れたら堰《せき》を切ったようにあふれ出てきて、幹太は空いているほうの手で目元を乱暴に拭う。

「俺は、柳さんのこと好きだったから……お金じゃなくて、柳さんだから」

泣いたせいで鼻が詰まって息が苦しい。はあ、と息を吐いて、幹太は腕を下ろした。

「柳さんにもらった『恋人代行』の金、全部使えなくてとってある」

「幹太」

大金だったこともあるし、それを使ってしまったら、自分はあくまで「代行」でしかないのだと認めるような気がして、怖くて辛くて使えなかったのだ。

全部、車のグローブボックスの中に溜めてある。数えたことはないが、とてつもない金額になっているだろうことはわかっていた。

使わないせいで溜まっていくそれを目にする度に、辛くて仕方なかった。

「それに、クリスマスだって俺と過ごすより、友達と過ごすの選んだじゃないか」

口にしてみてから、意外とそこに引っかかっているのだということを自覚する。

幹太の科白に柳は瞠目し、狼狽した様子で頭を振る。

「違う、それは、いや、違わないんだけど、でも」

「でもいいんだよ、それで、俺、恋人じゃないもん。代行だもん。俺ばっかり柳さんのこと好きで、だから切なくて……っ」

「幹太……！」

言葉の途中で、柳に両腕で抱きしめられる。

突然のことに固まったが、耳元で柳がぐすぐすと泣くのが聞こえた。

「ごめん、ごめんね……ごめんねえ……っ」

ぎゅう、と強い力で抱擁されて、幹太は狡いと思いながらもその背を抱き返し、しゃくり上げた。いままで堪えていたものが全て、外に出てしまう。

「ごめんね、幹太……好き、好きだよ」

「馬鹿……柳さんの大馬鹿野郎……！」

幹太が泣きながら罵《ののし》ると、柳はうん、ごめんね、と同じく泣きながら謝罪し、その合間にキスをした。

塩辛い唇に思わず笑ってしまいながら、幹太も柳にキスを返した。

二人で嗚咽しつつ抱き合って移動したのは、リビングの横の洋間だ。

そこには、結局幹太が一度も寝ることのなかったクイーンサイズのベッドが設置されている。搬入の日に一人きりだったことを思い出して、胸が痛くなった。

ベッドを置いたらほかになにも置くことが出来ない状態の部屋は、そのせいかどうかわからないが殆ど汚れていなかった。

「……これ、買ってから一度も寝てないんだ」

ベッドメイクはしてあるけれど、一度も寝ていなければ、この部屋に入ってさえいなかったらしい。

どうして、と問えば、「幹太と使うつもりだったのに幹太に振られたから辛くて入れなかった」と柳は答えた。

「……そんなに、俺が離れたの辛かったの」

「……見ればわかるでしょ」

食事も喉に通らないほどだと言うのを彼は文字通り体現している。

ゴミが増えるのが嫌だから、という理由だけではなく、食事をしなかったのは、喉を通らなかったかららしい。それでも信じがたい気持ちだ。

どうして信じてくれないのと涙目になる柳に、幹太は頭を振る。

「じゃあなんでクリスマスに置いて行ったの。それに……冬休みが明けてからも、俺のこと追いかけても来なかった」

確かに、幹太は柳との契約を突然一方的に破棄した。

休みの間は家には寝るだけにしか帰らなかったし、柳と連絡を取っていた携帯電話は使わなくなっていたので電話をかけられても幹太が受けることはできなかった。

だが柳は叔父の経営する会社の所在地を知っているし、なにより大学が始まってしまえば探そうと思えば探せる場所にいたはずなのだ。

それでも顔を合わせなかったということは、既に幹太から興味を失くしていたのと同義だと思っていたのだ。

幹太が問い詰めると、柳は更にぶわっと涙を零した。

「だって……急にいなくなって、避けるくらい俺のこと嫌いなのかって思ったらショックで……それに、言い訳だけど、クリスマスに誘って断られたら立ち直れないじゃない……」

正月はきっと自分などより家族と過ごしたいだろうし、誘って断られるのが怖くてさっさと国外に逃げてしまったのだと柳が白状する。

思った以上にヘタレた理由で、幹太は憮然《ぶぜん》とした。

あんなに傷付いたのに、と再び泣きそうになる。

「断るって……なんで」

幹太にしてみれば、自分ばかりが一方的に柳に恋をしていると思っていたので、そう思われていることが不思議だった。もし誘われていたら、やはり空しくはなったかもしれないが、断りはしなかっただろう。

それに対して柳は答えずに、目元を擦る。

「料理も、一人で食べてもおいしくなくて……幹太が教えてくれた通りに作ったのに、全然、おいしくなくて……」

以前は確かに、腹が減ったという感覚があって、外に食べに行ったりもしていたという。けれどこのところはとにかく食事を摂るのが辛くて、ついつい避けがちになっていたようだった。

「じゃあまず飯に……うわっ」

買い物に行かなければ、と走り出そうとした幹太の腕を柳が掴む。

ぽいっと投げられるようにして、幹太はベッドの上に倒れ込んだ。その上に、柳が馬乗りになるようにして乗り上げて来る。

「……それより、まず幹太を食べたい」

「な……んですかそれ、ベタな……」

ははは、と笑ってみせたが、柳は冗談を言ったわけではないようで、表情筋をまったく動かさない。それなのに瞳はぎらぎらと幹太を見据えていて、射抜くような視線に背筋がぞくりとした。

恐ろしいからというよりも、柳に抱かれることに慣れた体が期待をしているからだということを自覚して恥じ入る。

「……いい？」

いいよね、と幹太の答えを待たずに、柳はジャケットのボタンに手をかけてきた。

「えっと、あの……っ」

柳は幹太のジャケットのボタンを外し、中のシャツの裾を摑んで乱暴に胸元まで捲り上げる。もう片方の手で器用に幹太のジーンズの前をくつろげると、それを下着ごと引き摺《ず》り下ろした。

「ちょ……！　待って、柳さ――」

「ごめん、無理」

阻む暇もなく、幹太は下肢を剝かれてしまう。柳は幹太のジーンズと下着をぽいっと投げて、幹太の腕を引いた。

所謂対面座位の恰好になるように、柳は腰の上に幹太を載せる。もうそれだけで十分恥ずかしかったのに、柳はそのまま幹太の肩を押し、腰を柳の膝の上に載せたままになるよう仰向けに転がした。

「わ、わ……っ」

　ころんと倒れた瞬間に、自分の局部が柳の目前に全開になった状態にあることに気付かされる。膝裏に手を入れられて、体を折り畳まれ、多少の息苦しさとあまりの羞恥に眩暈がした。

　幹太は宙を掻くように手を伸ばす。

「柳さ……ちょ、待って」

「すぐ終わるから。優しくするから。痛くしないから」

「な、なんか怖いんですけど……って、あっ！」

　まだ固く閉じた場所に指を入れられ、そこにローションを入れられる。指で広げられた場所に溢れるほど注がれたローションは前にも後ろにも垂れて、幹太はぞくぞくと腰を震わせた。

　暫くしていなかったので怖かったが、ぬぷぬぷと出し入れをされているうちに、受け入れるように柔らかく解れてくるのが自分でもわかる。

　柳はもう片方の手で幹太の前を握り、優しく扱きあげてきた。

「う……、あっ、うー……」

　外と中、両方の感じる場所を同時に責められて、幹太は顔を覆う。不安定に揺れる足にキスをして、柳はローションを足しながら幹太の体を拓いた。

「ん、ん」

粗相をしたように濡れる下半身が、次第に甘く痺《しび》れて来る。ぱたぱたと足を動かして快感を逃がそうとするが、そううまくはいかない。

中に入れられた指が、性器の裏側にあたる部分を執拗《しつよう》に擦った。

「や、ぁ」

そこを何度も撫でられると、徐々に蓄積していった快楽が、ある瞬間から堰を切るように溢れるのを幹太はもう知っている。

「そこ、や……やだ……」

「うん、そうだね。ここ、弱いから」

やだと言っているのに、柳は興奮した瞳で見下ろしながら、くりくりと指先で捏ねてくる。ぶる、と腰のあたりが震えたのと同時に、甘い痺れが全身に走った。

「うあっ、あ！　あぁっ」

びくびくと震える幹太の腰を抱えて、柳はしつこく愛撫を加えてくる。

「やだ、もう、そこ……やだっ、や――……っ！」

堪え切れずに、幹太は熱を吐き出す。体勢のせいで、自分の出したものが顔にかかってしまった。

「んーっ！」

柳はもう達している幹太の感じている部分を、まだ苛めている。顔が汚れるのが嫌なのに、容赦なく責められるせいで止まらない。

今までは避妊具を着けていたから平気だったが、今日は着けていなかったために顔面にもろに浴びてしまう。

「う……、うぇ……っ」

汚くて情けなくて、幹太はひっくり返された間の抜けた格好のまま、堪え切れずに泣き出した。

うえぇん、と子供のような嗚咽を零すと、柳がはっとして手を離す。

「ご、ごめん！　幹太、ごめん泣かないで！」

柳は慌てたように幹太を抱き起し、精液で汚れた顔を拭ってくれる。

「馬鹿……変態っ、変態ぃ……っ」

「ごめ、ごめんね」

変態、と罵られたのに、柳は怒った風でもなく、幹太の汚れた頬に唇を寄せた。まだ肌に残っていた体液を舐められて、幹太は驚いて柳の体を押し返す。

「な、な、なにして……」

「だって可愛くて」

微妙に答えになっていないことを言って、柳はまた幹太の顔に舌で触れた。

やめろ、と声を荒らげると、やっと顔を離し、渋々ベッドサイドに置いてあったウェットティッシュで顔を拭ってくれる。

「ごめん。……でも、十分柔らかくなったね」

頰にキスをしながら柳が幹太の尻を撫でる。そして、先程弄っていた場所に再び指を入れた。

「っ、ん！」

彼の言う通り、すっかり柔らかくなったそこは、柳の指を難なく飲み込む。

二本、三本と増やされた指にぐっと広げられて、幹太は柳の肩に顔を埋めて羞恥をやり過ごした。

「もう、入れていい？」

いちいちそんなことを訊くな、と思いながら、幹太は必死に頷く。

首筋にキスをして、柳は幹太の体をベッドに横たえた。

幹太の足を抱えて、柳が多いかぶさってくる。解された場所に熱いものが押し当てられて、幹太は違和感に目を瞬いた。

解された部分に当たるものの感触が、いつもと違う。幹太はこくりと唾を飲んだ。

「あの……ゴムは？」

いつもならある行程が足りない。

問うた幹太に、柳が眉を八の字にして笑う。

「生でしても、いい？」

「えっと、……」

避妊具を付けないでするのは初めてで、緊張する。どう返事をすればいいのか心が決まらずに迷っていると、少しだけ出し入れをされて急かされた。

「駄目？」

「駄目っていうか……」

もうちょっと入っちゃってるじゃん、と赤面しながら、幹太は頷いた。いいよ、と言葉にするより早く、柳が一息に幹太の体を貫く。

「幹太……！」

「あ、ぁ……っ」

ひっかかるような感じもなく、柳のものがずるりと中に入ってくる。あっという間に奥まで嵌められて、幹太は柳の体にしがみついたまま茫然とした。

――なに、これ。

繋がった部分が、燃えるように熱い。

薄いけれど確実にあった隔たりがないというだけで、これほど感触が違うとは思わなかった。

久しぶりで刺激に弱くなった自分の体がどうなってしまうのかわからず、幹太は逃げ腰になる。それを許さず、柳は更に深くまで腰を突き上げた。

「あ……っ」

いつもならば微妙に感じる摩擦がなく、微かに揺らされると、よりぬるつきが感じられて気持ちがいい。まだ入れられただけなのに、もう達してしまいそうで、幹太は本能的に怖くなる。

「平気そう、だね？」

「っ、待って、待って柳さん！　駄目！」

ゆっくりと腰を引かれ、幹太はつい叫び声を上げる。

切羽詰まった様子の幹太に、柳はぴたりと止まった。

「どうした？　どこか痛い？」

「そ、そうじゃ、なくて……俺」

なんか変、と呟いた声が、自分でもわかるくらい甘く掠れた。

媚びるような請うような幹太の声音に、柳の体が強張る。体の中に入っている柳のものが硬度を増したような気がして、幹太はかっと頬を染めた。

「違、待って」

「ごめん。——無理」

奥まで嵌めるように腰を打ち付けられ、幹太は射精した。

「あ、あ……っ」

互いの腹に挟まれたものから、熱い飛沫が飛ぶ感触がする。

「……幹太、幹太」

「や、やだっ、や……っ」

キスの雨を降らせながら、柳はまだ達している最中の幹太の体を激しく揺する。

一突きごとに、先端から熱いものが零れるのがわかって、幹太は頭を振った。

「やだ……っ」

「嫌じゃないだろ？　幹太は嫌なのに、こうなるの？」

優しい声音で言いながら、柳が幹太のものを弄る。後ろと前を同時に責められて、幹太は甘い鳴き声を上げた。

それを塞ぐようにキスをされ、口腔を舌で愛撫される。とろとろと体中が蕩《とろ》けそうになり、幹太はあられもない痴態を好きな男の前に晒した。

「本当に嫌なら、やめるよ？」

キスの合間にそんな意地悪を言われて、幹太は泣きながら柳の首に縋る。

「や、やだ、やめるのやだ」

やめないで、と懇願すると、柳が満足そうに笑うのが目に入った。

柳は幹太の体を抱きしめて、激しく腰を打ち付けて来る。

「あっ、あー……っ！」

体を抉られている最中に、もう何度目になるかわからない絶頂を迎え、幹太は泣いた。快感が強すぎて辛く、涙が止まらない。責められて上がってしまう己の声を恥ずかしいと思う余裕もない。

一体自分の体がどうなっているのかわからない。怖い、と泣いても、可愛い、となんの答えにもなっていない返しがあるだけだ。

「……っ、幹太」

覆いかぶさってくる柳の体が強張る。

彼にも終わりが訪れるのだと知った瞬間、体の深い場所で柳の熱が叩きつけられた。

「――っ」

一瞬目の前が真っ白になり、次に気が付いたときには柳にキスをされている最中だった。つかの間意識が飛んでいたことを察し、唇と唇の間で息を吐く。

意識を取り戻した幹太に気付いて、柳はキスを解いた。

柳は汗で貼り付いた幹太の前髪を優しく払い、額に唇を寄せる。

「……好きだよ、幹太」

甘ったるい声で囁かれ、まだ柳のものを咥えこんでいる奥から、じわりと甘い痺れが伝播する。

俺も、と言ったつもりが、声が掠れて出なかった。幹太は苦笑して、柳の唇に自分からキスをした。

滞留する熱が落ち着くまで蒲団の中でただ抱きしめ合い、幹太はようやく、といったように口を開く。

「……俺、今だから言うけど、本当は柳さん以外と寝たことなかったんだよ。柳さんが、初めてだったんだからね」

決死の思いで口にした幹太の言葉に、柳は一瞬口を噤んだ。

そうして、柳が口を開いて言ったのは衝撃の一言だった。

「……うん、知ってたよ」

「……え？」

「いや、最初は久しぶりなのかな、とか、言うほど慣れてない雰囲気だなとは思ったんだけど……」

していうるちに、どうやら殆ど経験がないようだというのはわかったらしい。

「ゴムの付け方は知らないし、キスだって全然慣れてなかったし……それに、すごく怖がってたし」

「……だって」

未知の体験で、本当に恐怖だったのだ。それでも最終的には感じてしまったことを思い出して恥ずかしく、そのあとの金の授受に胸が痛くなる。

まさかとっくにばれているとは思わず、だったらなんで、と唖然《あぜん》とする。

「うん。それでも最初は本当に慣れてないのか、それとも今まで優しくされてなかったって可能性もあるなとか思ったし、『どんなやつが幹太の初めての相手なんだ』って勝手に熱くなっちゃって」

柳は柳で、「二人用のベッド」を買ったらいい加減不毛な関係をやめて、普通に付き合えるかと思っていたのに、脈があると思っていたはずの相手に逃げられて、本格的に振られたのだと悟って心が折れていたらしい。

「逃げた覚えなんて、ない」

もしそんな打診をされたら、絶対に頷いている。

だからそんなはずはないと言えば、柳は「間違いなく逃げた」と食い下がった。

「だって俺が『これからは、ちゃんと恋人代行としてじゃなくて、恋人として付き合ってほしい』って言おうと思ったら『恋人代行としてちゃんとHもしていきましょう』みたいなこと言ったじゃない。……そう言われたら俺だって、もうやめようって言えなかったよ」

心情的には、恋人にプロポーズしたら走って逃げられたようなもの、だそうだ。それでも幹太と離れるのは嫌だった、と言われて赤面する。

「だから五万円」

「五万円？」

「渡して傷付いた顔したら脈あるかなって。あっさり受け取ったら本当にビジネスセックスなんだと思って諦めようかと」

「な……」

　金を握らせたのも、幹太の反応を見るためにわざとだった。そんな暴露をされて幹太は反射的に柳の剝き出しの肩を叩いてしまった。

「いったー……」

「俺、マジで傷付いたんだけど！」

　自分の心情を吐露しなかったのはお互い様だが、こちらの気持ちを知っていての所業に眦《まなじり》を吊り上げる。

「言っとくけど、貰ったお金は一円たりとも使ってないからね⁉　車の中に隠してあって……ずっと、辛くて」

「ご、ごめんなさい……だって、俺だって不安で」

「勝手なことばっかり……」

　確かに今いる部屋から見えるリビングの惨状から彼の動揺や心の荒れ具合は垣間見える。

幹太も人のことは言えないが、だったらもう少し早く言ってくれればこじれずに済んだのではないのか。そんな言葉を飲み込み、溜息に変える。

「……俺、ちょっと付き合い考えようかな」

「え!? ごめん、ごめんなさい、反省してるから！　だからもう逃げないでください、お願いします！」

「……うーん」

「幹太ぁー！」

泣きそうな顔をする柳がおかしくて、幹太は笑ってキスを返した。

あとがき

「次はヘタレ攻めにしましょう」そう担当さんに言われて、よし、それなら相手は面倒見のいいオカン受けですね、と私の中（だけ）の相性のいいカップリングを作り、割とトントンと決まりました。

タイトルも、今回は仮タイトルでもあった『恋人代行、八千円』をそのまま採用という形でスムーズに決まりました。「あ、でも八千円じゃなくて最終的には五万円では……」と思いましたが、五万円はオプション料金で、代行代金自体は八千円なのでね……（苦しい）。どうか、楽しんで読んで頂ければ幸いです。

ところで何故「八千円」なのかと言うと、以前私がお願いしたことがある便利屋さんと某大手さんの家事代行サービスがどちらもこのくらいのお値段だったからです。人材代行は大体このくらいなのかなぁということで。

便利屋さんに「恋人代行ってやったりします？」と訊いたら「うちは人材代行ならなんでもしますよ！　一律料金で、法律の範囲内で！　でも僕は依頼されたことないですね！……ハハハ」と仰っていました。ハハハ……。

家事代行をお願いしたときは、母親くらいの年齢の方が来て下さって、私の蔵書を目にして「あらぁ……うちの娘と同じ趣味だわ」とどこか遠い目をされていました（笑）。しかしそんな出来事（事故）があったせいか、「なんか娘みたいでほっておけないわ」と色々サービスしてくださったり。有り難いことでした。

そういえば、柳《やなぎ》と同じく私も最近（というか二日前）収納家具を買いました。自分で組み立てるやつを。

ＤＩＹの趣味が特にないのでまず工具を探すところから始め、やっと組立終わった！と思ったら全身バッキバキでした。運動不足極まれり。

一日寝たら多少回復したのですが、ドライバーのせいで掌の中央が鈍痛を訴えており、そして何故か現在、臀部が筋肉痛です。

何故臀部。棚を組み立てただけなのに、どこに大殿筋を使う要素があったのか、自分の体が不思議でなりません。

とりあえず、ドライバーを回すのが本当に辛かったので、今ちょっと電動ドライバーが欲しいです。ＤＩＹの趣味がないと無用の長物でしょうが、欲しいです。

イラストは有紀《ゆうき》先生に描いて頂けました。

受けの元気っ子な感じがとってもとっても可愛らしく、ほっぺたをぷにぷにとつついてしまいたくなる愛らしさ……。青年＋割烹着ってときめくなあ、とイラストを見て改めて思いました。

そして攻めの表情が人見知りっぽくありながらもとても可愛くて、無造作ヘアをわしゃわしゃとしながら撫でてやりたくなりました……。でも澄ましていると体格がよくてすっとした美形で、可愛いだけの男ではないのだなと思わせる感じが素敵でした。

お忙しいところ本当に有り難うございました！

最後になりましたが、この本をお手にとって頂いた皆様に、心より御礼申し上げます。

またどこかでお目にかかれたら嬉しいです。

栗城《くりき》　偲《しのぶ》

Platinum Label

恋人《こいびと》代行《だいこう》、八千円《はっせんえん》

プラチナ文庫をお買いあげいただき、ありがとうございます。
この作品を読んでのご意見・ご感想をお待ちしております。

★ファンレターの宛先★

〒102-0072　東京都千代田区飯田橋3-3-1
プランタン出版　プラチナ文庫編集部気付
栗城 偲先生係 / 有紀先生係

各作品のご感想をWEBサイトにて募集しております。
プランタン出版WEBサイト http://www.printemps.jp

著者――**栗城 偲**(くりき しのぶ)
挿絵――**有紀**(ゆうき)
発行――**プランタン出版**
発売――**フランス書院**
〒102-0072　東京都千代田区飯田橋3-3-1
電話(営業)03-5226-5744
　　(編集)03-5226-5742
印刷――誠宏印刷
製本――若林製本工場

ISBN978-4-8296-2589-7 C0193

栗城 偲
Shinobu Kuriki
地角の衆生
一緒にいないと、寂しくて死んじゃう。
ひとりでいるのが寂しくて、夜ごと仲間を探して鳴いていた鵺は、人間の寛慶と出会い、初めて温もりを知った。寛慶もまた癒えない寂しさを抱いていると知り、鵺は思わず彼を抱きしめて……。
Illustration:ミナヅキアキラ